KB137984

그렇게 아픈 미소

그렇게 아픈 미소

초판 발행 2021년 12월 16일
지은이 창시문학회

펴낸이 안창현 **펴낸곳** 코드미디어
북 디자인 Micky Ahn
교정 교열 민혜정
등록 2001년 3월 7일
등록번호 제 25100-2001-5호
주소 서울시 은평구 갈현로 318-1 1F
전화 02-6326-1402 **팩스** 02-388-1302
전자우편 codmedia@codmedia.com

ISBN 979-11-89690-63-2 03810

정가 12,000원

창시문학 스물네 번째 작품집

그렇게 아픈 미소

회장 인사

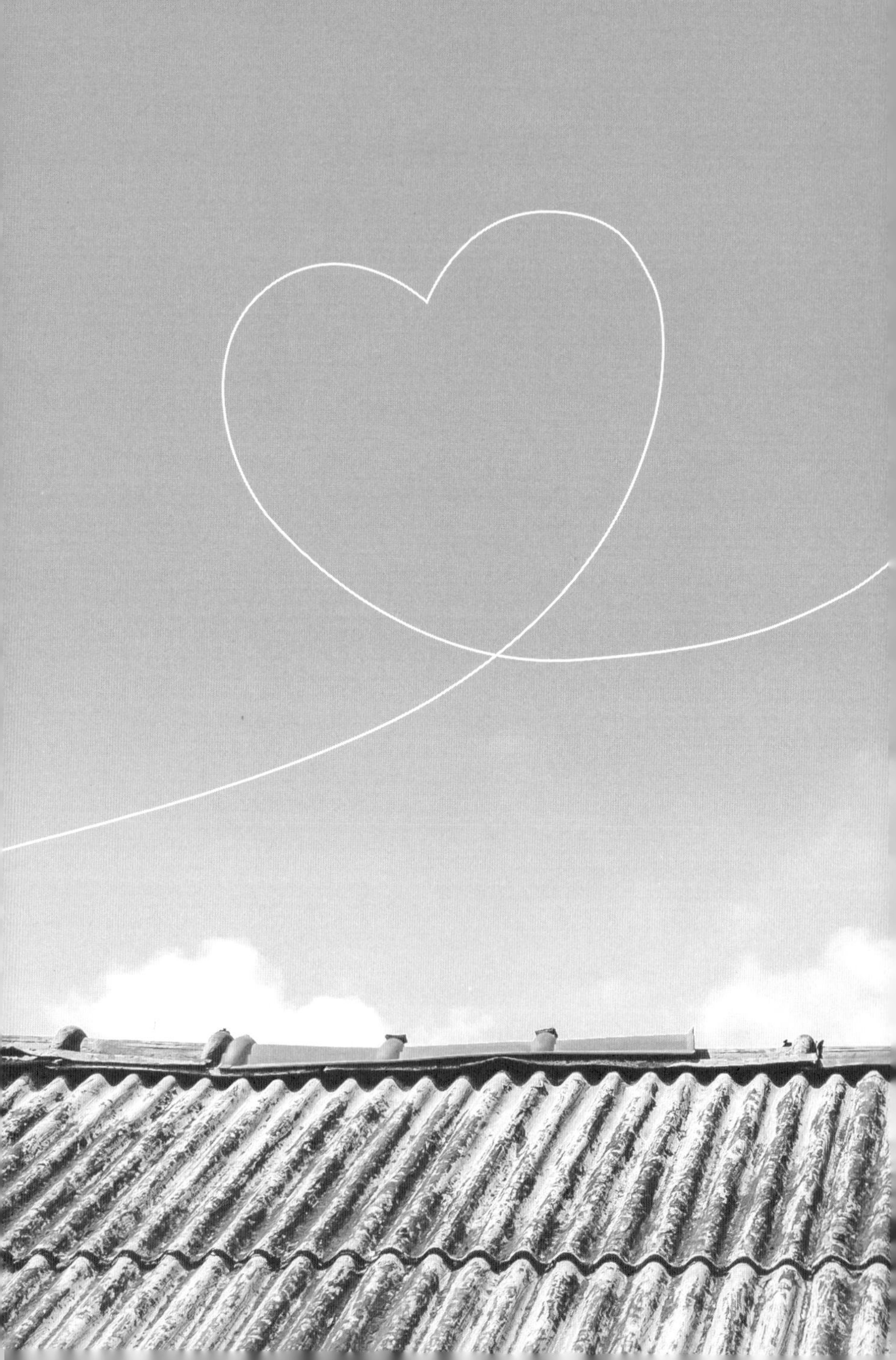

창시 문우님!
단풍이 곱게 물들고 찬바람이 일어나는 이맘때면
해마다 우리는 한 해의 마무리로 동인지를 준비합니다.
지나간 1년의 작품을 정리해서 결과물로 서로
나누는 것은 아직 오지 않은 또 한 해를 준비하는
의미이기도 합니다.
한번도 경험하지 못했던 코로나 일상 속에서
어려움도 많았지만 그래도 우리는 잘 견뎌냈습니다.
창시의 2두년 역사를 함께 해주신 문우님들의 열정과
사랑 덕분입니다.
항상 건강하시고 변함없는 격려 부탁드리면서
감사하고 또 감사합니다.

2021년 11월
창시문학회 회장 윤복선

한 해의 작물을 수확하는 농부처럼

지연희(한국여성문학인회이사장)

어수선한 사회 환경 속에서도 시간은 흘러갑니다. 힘겹게 견디어온 코로나 19 바이러스의 종식이 요원한 가운데 한 해를 보내고 한 해를 맞이하고 있습니다. 2021년 한 해 동안 불안전한 문학수업임에도 꿋꿋하게 자리를 지켜 주셔서 감사합니다. 그러나 생각합니다. 문학인이 되었다는 요건은 어떤 피치 못 할 상황 속에서도 책상에 앉아 문학 작품이라는 창의적인 생산이 가능할 수 있다는 사실입니다.

자유로운 외출이 제한되고 자유로운 활동이 금지되어 몸과 마음이 피폐해지던 시기에 글과 동행할 수 있어서 많은 생각을 할 수 있었다고 합니다. 미루어 두었던 글쓰기의 계획을 완수하기도 하여 행복했다 합니다. 창시문학 회원 여러분들이 한 해의 작물을 수확하는 농부처럼 좋은 시 생산의 위상을 보여주어 귀감이 되었습니다. 못다 한 말들 못다 한 그림들이 살아 숨 쉬고 있습니다.

창시문학은 오늘 25년차의 깊은 동인지 역사를 자랑스럽게 상재
하였습니다. 어느 한 해도 거름 없이 이어온 창시문학創詩文學의 자존
은 동인 문단 史에 남길만 합니다. 참으로 수고해 주신 임원 및 회원
들의 애정으로 이룩한 역사가 아닐 수 없습니다. 2022년 또한 시문
학의 내일을 향하여 매진해 주시기 바라며 한 해 동안 고생하신 윤
복선 회장님, 임복주 총무님과 늘 하나로 힘 모아 주시는 분들께 감
사드립니다.

Contents

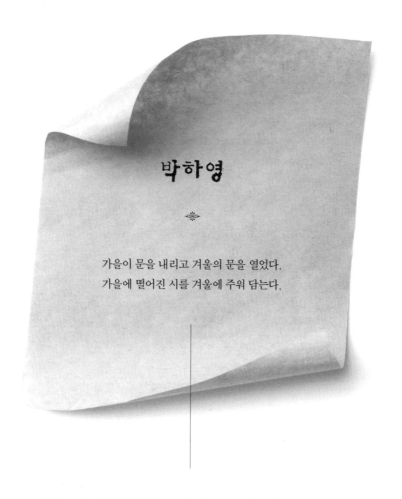

박하영

❖

가을이 문을 내리고 겨울의 문을 열었다.
가을에 떨어진 시를 겨울에 주위 담는다.

고향길 그리운 언덕 | 곡간처럼 쌓인 추억 | 그 가을의 산사가 생각나는 계절
나를 점검하는 시간 | 단풍 구경 | 복덩이 두 딸 | 바람과 갈대
자유롭게 날고 싶다 | 흐린 기억을 닦고 닦으니

PROFILE

『창조문학』시 부문, 『현대수필』수필 부문 등단. 문파문학회, 현대수필회, 분당수필문학회, 한국여성문학인회 회원.

고향길 그리운 언덕

친구 따라 들판길 건너 언덕 넘어
굽이굽이 찾아간 마을
오래된 기와집 넓은 대청마루
국수 삶아 샘물에 설탕 쳐 먹던 기억

그 시절엔 어찌 그리 철이 없었을까
너랑 같이 언덕 넘어 학교 가다가
뒤돌아서 불러낸 네 옆집 잘생긴 오빠
지금쯤은 흰머리 잔주름이 생겼겠지

그리운 산천 보고픈 사람들
고향 가면 찾아보련만
한 번도 찾지 못한 그 마음
인연이 아니었던 게지
단발머리 그 시절 순박한 마음
흘러간 그 시절이 꿈결 같다

곡간처럼 쌓인 추억

창고에 곡 기억의 간처럼 쌓인 추억
꺼내어 젊었을 적 푸른 물감을 펼쳐
아름다운 수채화를 그려볼까

그날의 풋풋한 우정과 싱그러운 사랑
초록 노랑 연둣빛으로 쑥쑥 자라 오르는
연리지를 그려볼까

세월이 흘러 잊혀간 친구들
다시 그곳으로 되돌아오라고
학교 뒷동산 풍경화를 그려볼까

이젠 살아갈 날이 얼마 남지 않는 지금
기억의 창고에 쌓인 소중한 추억들
내 보물의 1호로 자리 잡고 있어
누가 뭐래도 난 든든한 마음의 부자

그 가을의 산사가 생각나는 계절

산사의 가을은 참 일찍 찾아왔다
8월 중순이면 절 마당 위에
오동나무 잎 툭툭 지기 시작했다
아버지는 새벽 4시면 일어나
오동나무에 걸린 종을
뎅그렁뎅그렁 울리셨다
마을 멀리멀리 울려 퍼지던 새벽 종소리
지금도 귀에 아련히 들리는 듯

방학 때면 아버지 따라 그곳에서 보냈던
그 시절 눈물 나게 그립다
날마다 나무와 꽃 예쁘게 가꾸시고
돌탑 쌓으며 연못 만드는 게 일이셨던 아버지
갈바람 스산히 불면 더욱 생각난다
그 산속의 적막한 암자에서
속세 떠나 청정하게 사시다가
외롭게 열반에 드신 울 아버지
부디 평안하옵소서

나를 점검하는 시간

내 마음속에 펑펑 샘솟는
우물 하나 파 놓았는지
목마를 때 물 한 바가지 내어줄 수 있게

내 가슴속에 예쁜 꽃밭 하나 가꿔 놓았는지
인정에 메마른 세상 촉촉이 적셔줄
한 아름의 꽃다발을 만들어 줄 수 있게

내 머릿속엔 걸어서 세계 속으로
지도 하나 그려 놓았는지
답답하고 우울할 때 훌쩍 떠날 수 있게

내 주머니 속에 여유로운 지갑 하나 넣어 놓았는지
따뜻하게 마음을 열어 고마운 이들에게
주고 싶을 때 주고 사고 싶을 때 살 수 있게

내 기억 속에 잊히지 않는 사람들 주소록이 있는지
가끔 외롭고 생각날 때 불러내어
가슴을 열고 옛이야기 나누며 수다도 떨 수 있게

단풍 구경

단풍이 불타는 계절
백양사 내장사로 친구들과
룰루랄라 단풍 구경 간다
불붙는 아기단풍 볼 때마다
우와~ 터지는 오랜만의 함성
그동안 집에만 갇혀 있던 스트레스가
순식간에 뻥 뚫리는 기분
이 고운 빛깔 만드느라 삼복더위도
푸르고 싱싱하게 버티더니
드디어 완성된 완벽한 수채화
소용돌이치는 감동이 소나기처럼 몰려온다
계속 터지는 함성 속에 연신 셔터를 누른다
단풍 향기에 흠뻑 취한 아리랑 친구들의
잊지 못할 추억의 한 페이지

복덩이 두 딸

한 뱃속 출신인데
어쩜 저리 다를까
큰애가 수수한 수수꽃다리라면
작은 애는 화려한 양귀비랄까
큰애는 예민하지만 의외로 따뜻한 정이 느껴지고
작은 애는 격식은 갖추지만 의외로 무심하다
내 속에서 나왔으니 나를 닮을까 했는데
내 딸 맞나 할 때가 있다
내가 나이 먹으니 엄마를 닮아가듯이
딸들도 나이 들면 나를 닮아가겠지
세월이 약이라고 했으니
날카로운 건 무뎌지고
무심한 건 정이 샘솟겠지
속 안 썩이고 믿음직한 신랑 만나서
아들딸 둘씩 낳아 공주와 왕자처럼 키우니
그저 고맙고 고마울 따름
엄마 아빠 늙어 거동 불편하면
잘 모시기나 할지
사는 그날까지 건강하게
복덩이 두 딸들 엄마 아빠
지킴 돌이 되어주렴

바람과 갈대

갈대가 나를 불러내었다
갈대밭에 가면서 마음속으로 기도했다
제발 바람에 휩쓸리지 말라고

그곳에 도착하니
광활하게 펼쳐진 갈대밭
바람이 스치기만 해도
마냥 흔들리는 너를 보았다
아니 나도 흔들리고 있었다
갈바람에 춤을 추는 갈꽃들
강풍이 몰아치면 어쩌려고 저러나

뿌리에 힘을 주고 중심을 잡으렴
널 무너뜨리려 해도 무너지지 않겠다는
꿋꿋한 의지를 보여주렴

막무가내 바람은 기어이 갈대를 쓰러뜨린다
나는 참지 못해 소리쳤다
저걸 일으켜 세우는 것도 바람 네 몫이야

자유롭게 날고 싶다

하늘이 높고 푸르다

휘파람을 불며 어디론가 떠나고 싶다

새 한 마리 후르르 깃을 털고 날아간다

나도 따라 날고 싶다

묶여 있는 이 숨 막히는 공간

사슬을 풀어다오

이 넓은 세상 어디인들 못 갈까

모든 거 다 털어버리고

이 세상 끝까지 자유롭게 날고 싶다

창공을 가로지르는 새처럼

새로운 세상으로

유유히 비행하고 싶다

흐린 기억을 닦고 닦으니

네가 보낸 편지는
색 바랜 누런 종이에 깨알 같은 글씨
사연도 잊고 글씨체도 잊은
아주 오래된 편지
그 편지가 오늘 되살아나
너의 안부를 묻는다
얼마나 오랜 세월이 흘렀기에
이름조차 아련할까
그렇게 지워졌던 너를
오늘 다시 기억할 수 있게 해줘 고맙다
이젠 나도 널 잊지 않고 기억할게
흐린 기억을 닦고 닦으니
어제의 일처럼 선명히 떠오르는 것을
그만큼 우리가 긴 세월의 강을 건너왔구나
더 저물기 전 우리 꼭 다시 만날 수 있을지
지난날의 못다 한 얘기 나눌 수 있다면
그건 아마 꿈이겠지

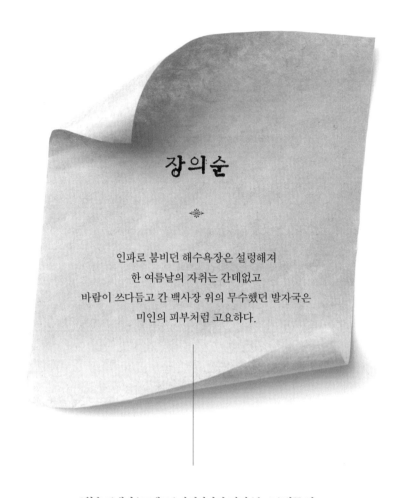

장의순

❖

인파로 붐비던 해수욕장은 설렁해져
한 여름날의 자취는 간데없고
바람이 쓰다듬고 간 백사장 위의 무수했던 발자국은
미인의 피부처럼 고요하다.

P R O F I L E

『문학시대』 시 부문 신인상 등단. 문파문학회 운영이사, 창시문학회 회장 역임. 한국문인협회, 용인문협회, 한국
여성문학인회 회원. 수상 : 문파문학상, 창시문학상 수상. 저서 : 시집 『아르페지오네 소나타』 『쥐똥 나무』.

8월을 보내며

8월은 오뚝이의 달
엎어져도 자빠져도 다시 일어서는
동그라미 2개의 태양이 붙어 가열차게 열을 뿜어
들과 산과 바다는
푸르고 푸른 녹원綠園의 천지다
그러다
중순이 지나면 뜨겁던 태양이 식어 바닷물도 차가워진다
인파로 붐비던 해수욕장은 썰렁해져 한 여름날의 자취는 간데없고
바람이 쓰다듬고 지나간 백사장위의 무수했든 발자국은
미인의 피부처럼 고요하다
지난 여름날이여 안녕
젊은 태양이여 안녕.

그래도

그래도는
'유토피아'라는 섬이다
꽃이 피고 새가 노래하는 그곳
내가
아주 할 수 없는 날에도
그래도는 살아있다
내가
아주 할 수 없는 날에도
헐떡이며 한 걸음 한 걸음씩 다가가야 할 마지막 땅이다.

나이아가라 관광

숨차게
달려와 떨어지는 폭포수
어느 여신의 은빛 치마폭인가
떨어진
몸뚱이 알알이 부서져
느리게 느리게 아파하며 맴돈다
나이아가라 폭포
살아생전에 가봐야 한다고
5박 6일 토론토 관광
무거운 짐 가방을 들어주던
예의 바르고 친절한 키 큰 캐나디안
복지국가인 캐나다 사람은 역동적인 미국인보다 느긋하고 여유롭다
그러나 나라를 위해 희생한 전쟁영웅은 마을마다 비석에 새겨져 있
었다
6·25 한국전쟁 영웅도 거기에 있었다.

눈 2

평펑
쏟아지는 눈 속을 걷는다
가슴은 환희의 송가*처럼 뜨거워진다
가자
어디든 발길이 닿는 대로
지구의 땅끝이라도 좋겠다
천지를 하얗게 덮고 있는 눈
시끄면 건초더미와 겨울나무들
때 묻은 인간의 마음까지 정화되어
갓난아기의 울음처럼 순수해진다
축복이 내리듯 아름다운 세상
쌓인 눈
차가운 촉감이 짜릿한 전율로 다가와
정신은 더욱 맑고 또렷해진다
눈은 感性의 꽃이고, 理性의 꽃이기도 하다.

---

* 환희의 송가 : 베토벤의 교향곡 9번 〈합창〉 중 4악장.

벚꽃 길

꽃잎이 흐른다
세월처럼—

땅 위에 떨어진 잎
희지도 붉지도 않아 더 정감이 가네
그러나 바람 불어
우리의 인생처럼 밀려다닌다

꽃잎이 흐르니
난들 어찌 머물 수 있으랴
내년에도 이 길을 걸을 수만 있다면.

속도의 정의

손이
상대편의 얼굴에
번개같이 내리 닿으면 폭행이요
손이
상대편의 얼굴에
천천히 느리게 닿으면 애무다

사랑과 미움은 타이밍이다
그때를 맞추지 못하면
사랑도 미움도 비껴간다

좋은 것과 나쁜 것

플러스 마이너스
마이너스 플러스
이것이 인생이고 속도의 정의다.

아~아~아

목욕탕에 앉아 솔베지송을 듣는다
노래의 후반부에
아~ 아~ 아~ 아~ 아~
긴 기다림과
재회의 환희와 슬픔이 벅차올라
영혼을 울리는
이 표현력보다 더 진한 언어가 있을까
노래의 절정에 나오는
아~는 언어상 표현할 수 없는 의미가 담겨있다
그래서 성악이나 대중가요에 이르기까지 가장 고전적인
표현으로 작곡가들은 그 고전을 놓치지 않는다
조금도 이상하지 않고 좋다
그러나 現代詩에서
아~를 붙였다간 고루한 감탄사라 촌스럽다고들 한다
촌스러운 것이 고전의 참 모습이 아니었던가
이것이 현대인들이 말하는 클래식이라고 하는 진솔의 모습이거늘
내가 소녀 적에 읽었던 옛 시인의 시들이 아~라는 감탄사가 많았다
그 감탄사에 취해서 나도 시인이 된 게 아니었을까?
어쩌면 문학의 꽃이라는 詩가 음악보다도 더 화려하
고 유행을 타는 장르일지도 모른다
아니면 변천이라 붙여본다.

초파리와의 전쟁

이틀이 멀다 하고 음식 찌꺼기를 버리는데도
초파리는 어느새 새 식구를 불린다
스프레이를 뿌리고 전자 파리채를 휘둘러
따다닥 따다닥
불꽃놀이를 하는데도, 어떻게 부화하는지 알 길이 없다
주근깨같이 작은 놈이 눈 코 입이 다 달린 모양이다
날개도 있어 가벼이 난다
밤이 되면 쓰레기통을 흔들어도 가만히 있다
어둠까지도 알고 있는 게다
고 작은 것이 입닿은 컵 언저리를 귀신같이 알고 붙는다
귀신이 고렇게 작을려고
아니다 귀신은 초파리보다도 작고 보이지도 않지만
인간의 마음속엔 크게 자리 잡고 있다
아무도 본 사람이 없기에 더 무서워
귀신은 마음속에 자리 잡고 있는 양심兩心이다
그는 善했다가 惡했다가 변덕을 부린다
그는 패스포트도 없이 우리의 마음속을 넘나든다
초파리처럼 가벼이.

코감기

마스크 속에서 흘러내린 묽은 액체가 찝절하다
바다가 연상된다
바닷물이 짠 이유를 알 듯하다
지구상의 모던 동물이 소금기를 갖고 있기에
찝절한 액체가 바다로 흘러 들어간 게지
수억 년 전부터 오늘에 이르기까지
이 땅의 무수한 생명체가 짠 바닷물을 만드는 데 일조했을 게다
아니면
생명의 원천이라는 바다
인간도 짐승도 바다에서 태어나서 원초적 염분을 분배 받은 게다
그리고는 조금씩 조금씩 생명의 염분을 갚으면서 살다, 사라지는
것이다
쉼 없이 출렁이는 살아있는 바다
그곳이 우리의 고향이다.

회억回憶 2

전기밥솥 배꼽이 칙칙거리며 빙빙 돈다
먼 옛날 내가 초등 3학년 때쯤일 게다
아무도 없는 부엌에서 처음으로 밥을 짓기 시작했다
아궁이에 불을 지피고 한참을 기다리니
커다란 무쇠솥 뚜껑이 들썩들썩 굉음을 울리며 눈물을 쏟아낸다
너무 무서워서 마당을 몇 바퀴 돌았다
돌고 와도 들썩였다.
……

무쇠솥, 냄비밥솥, 압력밥솥, 전기밥솥에 이르기까지
수십 년을 솥의 덩치도 종류도 가족 수와 비례해서 작아지고 달라졌다
내 젊음도 세월 속에 녹아 이지러져 가는데
아직까지도 나는 글쓰기보다 밥쟁이로 더 익숙해 있다.

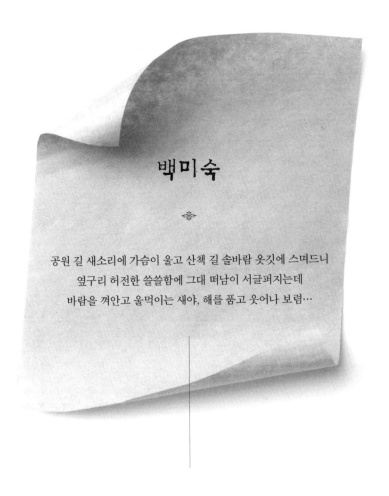

백미숙

공원 길 새소리에 가슴이 울고 산책 길 솔바람 옷깃에 스며드니
옆구리 허전한 쓸쓸함에 그대 떠남이 서글퍼지는데
바람을 껴안고 울먹이는 새야, 해를 품고 웃어나 보렴…

P R O F I L E

『한국문인』 시, 수필 부문 등단. 문파문학회 명예회장. 한국문협 이사. 한국문인협회 상임이사 역임. 한국수필부
이사장 역임. 국제PEN한국본부, 문학의 집·서울, 한국여성문학인회, 한국수필 회원
수상 : 새한국문학상. 한마음문화상. 문파문학상 외. 저서 : 시집 『나비의 그림자』『리모델링 하고 싶은 여자』 외. 공
저 『한국대표명시선집』『문파 대표 시선집』『성남문학작품선집』『한국문학상수상선집』『자유문학』『한국현역시
인명시선』『문단실록』『한국시인사랑시』 외 다수.

갈무리

서산마루에 내려앉아
붉게 타오르던
불덩이 하나
타닥타닥
가을 산을 태우고
산등성이 넘어가면

맨살의 몸으로 부딪쳐
하얗게 빛바랜
하현달이 떠올라
정체 모를 그리움으로
스며드는 사랑

세포 분열하며
솟아오르는 그리움
가슴 속에 갈무리된
아슴푸레한 얼굴
지워지지 않는 흔적

강둑은 질펀하게 젖어 있지만

바람은 강물 위에 미끄러지고
비에 젖은 자갈들 오리알처럼 일어난다

화석처럼 얼어붙은 강물이
살금살금 녹아 흐르고
잠들었던 버드나무 가지들
가랑가랑 내리는 보슬비에
곱게 머리 빗고 부스스 잠 깬다

나뭇가지 끝에서
마악 돋아나온 새순
늘어진 벚나무 가지 끝에 매달려
소중한 생명의 끈 붙잡고 깊은숨 토해낸다

울다가 울음 그친 아이의 얼굴처럼
강둑은 질펀하게 젖어 있지만
비에 젖어 헝클어진 나무들
생명의 기지개를 켠다

촉촉한 봄비 알몸으로 보듬으며
강물은 느릿느릿 흘러간다

기억해줄 수 있겠니 1

우리 집에 방이 네 개듯
심장도 방이 네 개라는 건
어쩐지 우연의 일치 같고
처음 배운 산수 같아 보였을 뿐
별거 아니야
내 방에서 그대 방으로 가는 판막이 잠시 고장 난 것일 뿐
앰뷸런스의 시끌벅적한 수다를
맨정신으로 들었다는 게 기묘하기는 했지

하나… 둘… 셋…
어린아이처럼 열까지 세지도 못하고
나를 놔버렸다는 열패감도 좀 있긴 했지만
별거 아니야
암흑도 빛도 아닌 세계
무無도 유有도 아닌 세계

이것도 나중 생각일 뿐
그러니 그대
하얗게 질린 얼굴로 나를 내려다보지 말기를
뜰의 봉숭아꽃이 세찬 소낙비에 뭉그러지던
어느 여름날 따윈 잊어버리길

벼락도 칼바람도 피멍도
없었다고 할 수 없는 지난날을
꽃물들이며 걸어왔던 우리의 발걸음만
그 여린 꽃길만
기억해줄 수 있겠니

길 위에서

신호등 앞에 서서
길을 건너려고
무심히 지나가는 차들을 바라본다

쌩하고 질주하는 스포츠카
선그라스 낀 젊은 남자
옆자리에 여자를 껴안고 있다

은회색 그랜저가 달려온다
빨간 신호등을 그냥 자나간다

까만 비엠더블유 세단이 미끄러져 온다
담배 연기가 창밖으로 뿜어 나와 나는 고개를 돌린다

번쩍이는 헬맷 쓴 오토바이
자전거를 피하느라 급브레이크를 밟는다

하-얀 쏘나타를 밀치듯 덤프트럭이 달려온다
스탑! 스탑! 마음에서 소리 지른다

혼란스럽다

세상에 질서가 없다
어서 지나가 버리자
괜스레 마음이 바빠진다

연극일까
-古木

가로등 기둥에 기대어
별도 없는 하늘을 올려다보는 사내
연극의 주인공인 듯
스포트라이트가 집중한다

그냥 지나쳤는데,
참고 있다 미어져 나오는 울음소리 들렸다
텅 비어있는 엘피지 가스통처럼
홀로 서서 흐느끼고 있다
동행자는 그림자뿐인데

한때는 와이셔츠 소매를 걷어 젖히고
책상머리에 앉아 일을 하다가
양복 정장들끼리 우글우글 엘리베이터에서
시끌벅적 농담을 건네며
밥을 먹으러 건물 밖으로 나가곤 했겠지

술에 취한 이 남자
오늘 연극의 배역을 맡기라도 한 듯
연극일 수도 있겠지
그러나
인생은 절대 연극이 아니야

헤드라이트

놀라움에 짜증이 난다

까마귀 등 깃털처럼 어둠이다

언제 쯤 끝이날까

압축된 유전자가 켜켜이 씨앗 속으로 쌓이고
서랍 속 가지런한 순서가 깜빡인다

점령군들이 달려가는 동굴에서
희망의 원근법을 발견하고 안테나를 세운다

여행은 별똥별의 자유지만 궤도를 이탈하면 안 된다

별도 힘을 잃으면 지구로 떨어지는 유성이 된다
순간의 물리적 차이는 상반된 모순을 보여주는 플래시백

시골집 병든 부모님 찾아가는 캄캄한 터널길
전쟁의 양상이 아닌 개별자들의 생존 투쟁인가

왜 하필 오늘인가요

헐떡거리며 가래 끓던 소리가 사라졌다
요란하게 들락거리던 슬리퍼 소리도 잦아들었다
내 심장은 파들파들 떨고 있는데
대낮처럼 밝은 형광등이 방안을 지키고 있다

눈을 떠봐요
제발 한번만 눈을 떠봐요
웨딩마치가 ○ ○ ○ 울리고 있어요
들리세요?
멘델스존과 바그너의 결혼행진곡을
듣고 있어요?
하얀 드레스를 입고 당신 품으로 걸어갔던
58년 전 오늘이잖아요
삼베옷을 예복으로 차려 입고
지금 당신은 어디로 가려 하나요
곧 문이 닫히려는데
당신을 데려가려 하는데

하얀 지렁이의 울음소리를 들어보셨나요?

왜 홀로 나를 남겨두고

왜 하필 오늘, 관 속에 누워 있나요
쿵 심장이 떨어지고,
그 사람은 결국 눈을 뜨지 못했다

다시는 돌아올 수 없는 하늘 강을 건너려고
당신 홀로 걸어가고 있겠군요

이별離別 2

그날은
하오의 땅거미가 짙어갔다

다소곳이 정다웠던 어제의 눈망울을
구겨진 마음속에 깊숙이 숨겨놓고
정녕 무엇인가 말해야 했던
속삭임도 고스란히 남겨둔 체
가야만 할 시각들이 종점도 없이 떠났다

그날은 싸늘한 미소를 보내야 했다
내일은 또 다른 순간을 이어
미명에 떠오를 새해를 맞아
새로운 형식形式을 마련해야 한다

흘러가는 구름처럼 먼 훗날
어쩌다 옷깃 스치며 지나더라도
나는 너를
너는 나를 몰라 보겠지
나는 가을산
너는 겨울바다
서로 엇갈리는 모습이겠지

편견
- 자목련

무엇이 널 그토록 아프게 했니

살얼음 날들 매운바람 견디며
꽃을 피운 건 매한가지인데

봄볕에
우아한 어깨 드러내고
미소 짓는 모습도 매한가지인데

비명도 없이
별똥별처럼 허공을 긋고 뚝
떨어진 자리에서 붉게 꽃을 끄는 것도
매 한 가지인데

그런데
백목련보다 자목련이
왜 난 더 아프게 느껴지니

무엇이 그토록 널 아프게 했느냐고
너를 편들게 되니

편지 한 장

솔바람 한 점 붙들고
흐느끼는 빗물 속에서 찾아낸
그리움에 목마른
구겨진 편지 한 장

얼룩진 눈물
찢어진 그리움 한 점
내일을 약속하지 못하고
구름에 실려 보낸 지나간 순간

먼 기억 속에서
하얗게 밤을 지새우고
나를 찾아
새벽을 만져 본다

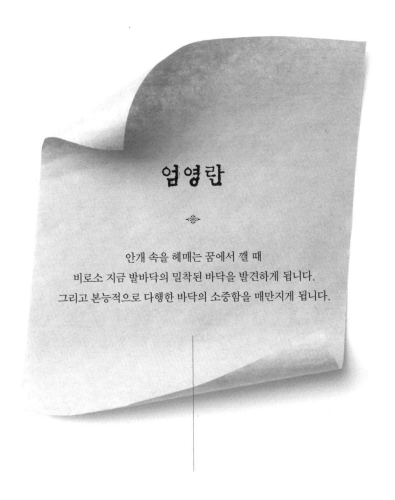

엄영란

❖

안개 속을 헤매는 꿈에서 깰 때
비로소 지금 발바닥의 밀착된 바닥을 발견하게 됩니다.
그리고 본능적으로 다행한 바닥의 소중함을 매만지게 됩니다.

그저 그렇게 | 좋다 | 어쩌다 뻘기꽃 | 햇살에게 | 마스크 | 안개 핀 들길
살아 있는 무덤 | 반사된 빛 | 타는 노을 바라보며 | 낙엽에도 시절이 있다

P R O F I L E

계간『문파』시(2010)·수필 부문(2012) 등단. 단국대대학원졸업(문학박사). 문파문학회 상임운영이사, 계간『문파』
편집위원, 한국문인협회 문학지교류위원회 위원, 한국수필가협회 이사. 한국여성문학인회원. 저서 :『그리움, 이
유』.

그저 그렇게

보리 들판
옛날을 붓질하는 바람

타는 듯이 익는 황혼 빛 물결
친구들 멀리 있고……

나는
파랑 나비
황혼을 나는

좋다

밤꽃 그늘 아래
엄마와 딸
팔 베개로 누워 얼굴 마주 보고 있다

해는 하늘을 지지고
눈앞 태고 적 소나무 동산에서
소쩍새 말소리가 들린다

"엄마 나는 예순이 다 되도록 낮에 소쩍새 소리 듣는 건 처음이네"

"새가 본시 밤에도 울고 낮에도 울제"

"그렇구나 그런데 엄마, 이렇게 엄마랑 누워 낮에 소쩍새 소리도
듣고……"

"좋다"

어쩌다 삘기꽃

그때 그 자리
아카시아는 피어

아무리 보아도
다른 데 없는데

꽃 꺾는
손등의 '결'과
꽃을 보는 눈길

그 동산에
까만 고무신 꼬마가
꽃 꺾어 주라고 조르던
쪽머리 한 30대 얼굴이 거기 있고…
송아지 말간 눈과
살 오른 갈색 어미 소 대퇴부
윤기 흐르던 오월
아래 논에서 못자리 논둑 삽질하는
아버지
숲에서 들려오는 뻐꾸기 소리

옛날이 지금 같은데

어쩌다 삘기꽃
바람 손끝
붓질 향 피우고
하얗게 흔들리우네

아카시아 꽃거울에 비친
어느 날
그곳

햇살에게
-꽃

오늘 아침
인사하는 새소리
바람 한 숟가락
안개 조금
이슬들
한 솥에 모아

하늘 음성
아이 미소
오물오물 뜸 들여

짠 펼쳐 낸
아침 밥상

마스크

봄꽃들
꼭꼭 다문 입술
멍이 드는데

꽃 아닌 잎들이 꽃인 양
훨훨 허공을 춤춘다

바람도 기가 막혀
마스크 찾는다

안개 핀 들길

안개를 뭉갠 발이 시리다
그 들길에 서면

어제 봄 논둑 길을 걸어올 땐
모내기할 무논에 올챙이들 노닐었고
노고지리 소리 들려와
그림자들과 놀았었다 돌아서 돌아서 들길을 걸었다

지금 서성이는 이 길
눈앞은 그와 다를 것 없는데
돌아보면 뽀얀 지우개처럼 안개꽃 핀다
어디서부터 왔는지
어디로 가고 있는지
안개 속 들판 길
뇌혈관처럼 놓여
앞으로 갈 수도 없고 뒤로 걸을 수도 없게
발 붙잡는다

끝 모를 안개 핀 들길에 서서
흔들리는 그림자를 잡노라니
무지갯빛 담은 들꽃들이 일제히 일어나 깔깔대고

올챙이 놀던 무논에 금붕어 떼
머리 들고 물속에 꼬리를 담고 흔들며
나에게 몰려든다.
그 논둑길로 향한다
걷는다
그들이 고개를 쳐들고 꼬리 흔들며 나를 따라온다
안개가 걷히고 동맥 정맥 혈관처럼 들길이 드러난다
꿈을 깬다.

살아 있는 무덤

아흔둘
그녀의 산장이다
봄엔 감자꽃들이 꽃구경하라고
주인을 불러낸다
수시로 자라는 고사리도 바로 필 거라고 협박한다
비닐로 동그랗게 만든 쉼터다
수시로 지나가는 사람들에게 카페가 되기도 하는
멀리서 보면 영락없는 무덤이다
쪽문을 들락거리는
그녀에게 이곳은 헬스장이며
병원이며 시장이고 놀이터다
매일 집으로부터 왕복 1시간의 종점 나들이다

반사된 빛

늦가을 사과밭 고랑에 은박 비닐이 반짝인다
예순 나이테의 사과는 온 일 년의 햇살에도 얼굴이 시리다
반사된 빛에 발갛게 단맛으로 익는 사과
꺾어진 빛에도 꽃은 핀다.
꿈이 영근다

타는 노을 바라보며

제주행 비행 차창으로 노을이 들어온다
구름계단 끝 타오르는 불길
사라진다는 것은
가진 것을 부려놓아 사르는 최후의 절규
땅과 하늘 사이
해의 다비식을 본다
세상에 못다 비춘 빛
구름계단 쌓아 올려
이른 밤 불러 타는 불꽃이다
어둠을 앞세운 물러섬이다
지는 해의 나체는

낙엽에도 시절이 있다

곱게 물들어 방금 떨어지는 잎은
18세 소녀 얼굴이다
어린 새가 둥지 떠나는 날갯짓이다
바람에 뒤 체이는 낙엽 구르는 소리는
노오란 병아리 어미 닭 날개 속으로 숨어드는 울음이다
어제는 아팠고 이제 견딜 만하다는
현장 실습 나온 탐색의 열정이요 땅 거울에 비춰보는 빛이다

곱게 물들어 떨어지는 잎은
18세 다홍빛 시절의 황홀한 방황이다

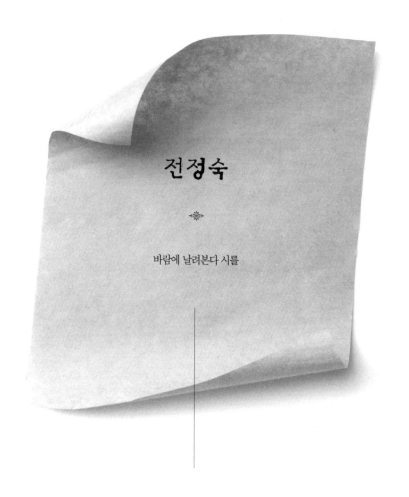

전정숙

바람에 날려본다 시를

바라 본다 | 담는다 | 어떨까 | 푸른 친구 | 변해버린 고향
꽃나무 | 짝사랑 | 충동구매 | 씨앗을 뿌리는 그녀 | 보물

PROFILE

2007년 전국장애인근로자문화제 입선(산문학 부문), 2008년 구상 솟대문학상 추천 완료, 제4회 성남시장애인예술제 금상, 2008년 경기도장애인종합예술제 대상(글짓기 부문), 제2회 대한민국장애인음악제창작음악공모전 작사 부문 대상 입상, 제15회 민들레문학상공모전 장려(2013. 동화)수상, 2016 계간『문파』제39회 신인상 수상.

바라 본다

햇살 사이 맑은 하늘
바라보다 문득 걷고 싶다
담장 넘어
꽃을 바라보면
나비가 되어 춤을 춘다

똑
똑
떨어지는 빗방울
속삭이는 이야기를
조용히 듣고 있는
나는 벽이다

담는다

동그란 그대에게
입맞춤하면 커피 향기 나.

노 오 란 어깨에 기대면
꽃향기에 젖어 봄이 출렁인다.

행운목 모락모락 방 한가득 스며와
시곗바늘 흘러 4시 47분

그 속에 초록을 품고 있다

어떨까

콩콩콩 캉캉 춤추는 부부 사이에 무엇이 있을까
작은 씨앗이 자라나 나무가 되고
열매가 익어가는 모습을
바라보는 삶이 행복일까

돌고 돈다
음악에 맞춰 시간도 돈다
어느덧 열매들 떠나보내고 가지밖에 안 남은
나무는 서로를 바라보며 어떤 생각을 하고 있다

젊은 시절 열매들 떠올리며 뿌듯한 미소를 그리겠지
고목이 된 나무는 바람의 시간 앞에 허전함을 날려 보낸다

푸른 친구

창문을 활짝 열어 놓으면 풋풋한 열일곱 시절이 들어온다
바가지 머리에 청남방을 입고 누군가를 기다리고 있었다
오후 한 시면 시끌벅적하게 우리를 안아주는 푸른 나무들이 찾아왔다
행복하게 대화를 나누며 함께 걸었다

언니, 오빠처럼 다정하게 감싸 안아주던 푸르른 친구들
그 따뜻했던 시절이 있어 밝음을 잃지 않은 글쟁이가 되었다
가끔 안부 전화하면 미안해하는 친구들
그럴 때면 내가 더 미안해지는 마음이다
십 대 때 많은 외로움 가져가 준 친구들에게
하트를 닮은 낙엽 한 잎 주워
바람에 날려 고마움을 전달한다.

변해버린 고향

어릴 적 만났던 당신의 모습은 온데간데없이 사라지고
저의 기억 속에만 남았네요
세발자전거를 타고 동생들과 개울가에서 놀던 모습
앞마당에 멍멍이가 날 보며 놀아달라고 짖었던
그 시절을 떠올리며 설레는 마음으로 당신의 몸을 더듬어 봤는데
당신은 멋진 신사가 되어 있었어요
상상했던 모습보다 더 푸르고 많은 사람들이 오고 가는
당신의 이름
옆집 언니 같은 따뜻함이었는데 지금은 바삐 움직이는
시곗바늘처럼 숨 쉬고 있었어요
짧은 기억 속 당신이지만 언제나 그리운 당신입니다.

꽃나무

그대가 작은 햇살에 다가와
나뭇가지 위에 미끄럼 타면
시곗바늘 거꾸로 흘러 일곱 살
시장 가시는 엄마한테 핫도그 사 오라고 치마 끝을 흔들면
엄마 손에는
꽃나무처럼 예쁜 핫도그 들려있었다
뱅글뱅글 돌려가면서 꽃향기 입안 가득한 달콤함

다시 바람이 불어온다
포근한 바람
시간이 빨리 흘러간다

네 바퀴로 세상을 다니고 있다
거친 비바람도 함께
따뜻한 햇살에게 기대 기도하며
세상 한가운데 서서
길을 가고 있다
향기 나는 시인으로
콩콩콩 캥거루 컴퓨터
자판 길을 걷는다

짝사랑

누군가에게 전화를 걸어보지만

벨소리만

귀에 맴맴 돈다

꾹꾹꾹

뭐 하냐고 문자를 날려 보지만

무답,

눌러질 수밖에 없다

1, 2, 3, 4를 눌러봐도 대답 없는 그대

눈을 감고 있어도 떠오르는 얼굴

하얀 밤을 새우고 전화 벨소리만

귀를 기울이게 된다

언제쯤 들릴까

당신의 목소리가

충동구매

마네킹 바라보면
어서 와 이 옷 입어 봐

그럼 이거 얼마예요?
한 번에 다 사고 후회한다

다시는 이러지 말아야지!

다시 아가씨를 바라본다
나도 모르게 이거 얼마예요?

왜 이럴까 봄바람난 나
외로움을 잊기 위해서인가

늘 허허하다 채워도 채워도
구멍 난 속

씨앗을 뿌리는 그녀

긴 터널 속을 들어간 장미 한 송이

마치 물 한 모금 못 먹은 채

헐떡거리고

햇살을 피해서 떡잎 져

곧 시들시들 해졌다

숨어버린 그녀가 무릎 꿇어 기도했다

숨을 걷어달라고

그러나 따뜻한 주님의 음성 들려와

작은 씨앗을 뿌리는 민들레가 되었다

보물

머리를 쓰다듬어 주는
오월의 공기처럼

희망을 안겨 주고 초록을 갈아입은
나무들처럼
따뜻한 손발이 되어주고 있다

무지개 풍선에 희망을 채워 주기도 하고
꼬부라진 어깨를 토닥토닥

오늘도 서로의 온기를 나누며
비둘기 한 쌍처럼 닮아가고 있다

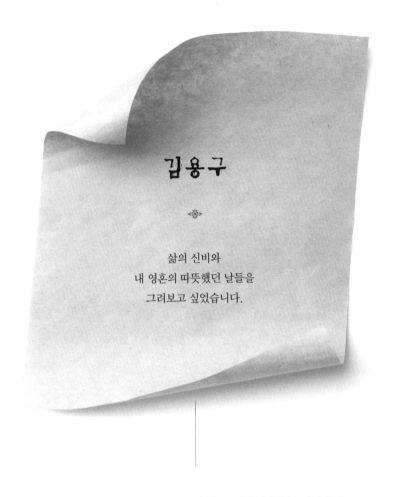

김용구

삶의 신비와
내 영혼의 따뜻했던 날들을
그려보고 싶었습니다.

P R O F I L E

충남 논산 출생. 계간『문파』시 부문 등단. 前 창시문학회 회장. 저서 : 공저『그림이 맛있다』외 다수.

그리운 고향 소묘

초가집 뒤켠 늙은 감나무
감꽃 피고 꽃 진 자리마다 청록색 단감
감이 익기도 전 따먹던 어린 시절이
까무룩 하다

논두렁 밭두렁 돌며 메뚜기 잡던 추억
논에는 우렁이 기어 다니고
도랑의 미꾸라지 헤엄치다 재수 없이 어레미에
걸려 풍덩거리던 옛이야기 추억이 새롭다

밑창이 다 드러나도록 신고 다녔던 운동화
그 시절 잘도 견뎌 내었던
우리들만의 세상

초가집 고향 마을 아직도
마을 회관 우리 엄마 기억하는
늙으신 아줌마

내 영혼이 따뜻한 날

세상에 지쳐있는 날
밤이 깊어가는 것도 잊은 채
음악에 빠져보는
바흐와 브람스가 생생히 살아나고
그들의 사랑과 아픔
미칠 듯 가슴에 스며듭니다

내 영혼이 따뜻했던 날

공허한 가슴에 희망이
영혼을 맑게 해 줄 무수한 것들
밤하늘에 반짝이는 별들과
풀 속에 맺힌 새벽이슬,
지저귀는 새소리
고요히 흐르는 시냇물

내 영혼이 따뜻한 날들

노년의 발자취
- 나의 자화상

평범하게 살아가는 노년
아직은 촛불 끌 수 있는 입심 있어
건강상 문제 있어도 생활에 지장 없는
일상을 운전하며
스스로 의사 결정할 수 있다
사람 이름 종종 잊곤 하지만
현관 비밀 번호에 익숙하고
컴퓨터 전자기기 느리지만 평범하게
다루는 노년의 일상

빠르게 흐르는
시간의 흐름 따라
조금씩 조금씩 변해가는 자화상

삶의 유연성 마주하며
노년은 단순 간결하게
자연의 일부인 삶의 신비
기도 속 노년의 길
걷고 있다

노년의 향기

외로움의 노년
존중 겸손 친절 그리고 마음으로 함께 하는
시간

모든 것 내려놓고 육체적 한계
인정하는

상대를 받아들이는 긍정적 사고로
나와 다름은 틀림이 아니고 축복이라고

다른 사람 말 경청하고
밖으로 향하던 열정 듣는 일이다

노년은
조용히 앉아
내면의 소리를
듣는 고요

자신의 외로움
다스리는

삶의 언덕

눈
소복소복 쌓인 깊은 산중
소복소복 쌓인 눈을 바라보며

인생의
책 한 권 같다는 사념
사람과 사람
인연 중첩되어 이어지면서
하나의 삶
이어가는 삶의 언덕

가장 가까이했던
부모 형제들
피안의 먼 곳으로 떠나고
지금은 수도자 동생 그리고 나
세월 속 흐름 속
피안의 저곳에서 다시 만날 수 있을지
물끄러미 지난 일들
사념 속에 묻는다

어머니 아버지 곁을 떠나

독립했던 혈연들
가정 이루며 잊고
어느 순간 먼 곳으로 보내고
아쉬움 간직하며
인생의 고개를 넘는
우리의 삶
이어 간다

매헌 윤봉길 의사 생가 기념관

윤봉길 의사 88주기
25세 중국 홍커우 공원 의거를 추모하며

충남 예산 기념관
유물 전시
마음 울리고

성장했던 저한당
생가 광현당
영정 모신 충의사
의사의 구국 의지 민족혼 서려 있다

직장 동료였던 의사 장조카 부부는
생가터의 유래, 그때 있던 나무들
장마에 옛집 수몰되어
산 밑으로 이사했던 가족사
들려주었다

잔디밭에 앉아
의사의 성장과정 들려주던 노부부는
옛터를 관리하며 농촌 지키고 있다

손자와의 만남

지금 그리고 여기
시간과 공간 속에 숨 쉬고 있는 삶

대학 초년생
아들의 아들인 손자와 둘이
맥주 그라스 거품 바라보는
나눔의 시간
알 수 없는 신비로 가득하다

조상의 얼과 정신을 전하며

맥주의 흰 거품 속에
사랑이 흐르고 기쁨이 넘치는
만남

할아버지의 삶
손자 밟아야 할 삶
피가 흐르는
둘의 만남

영혼이 따뜻했던 오늘

오늘 아침

창밖
하늘엔 먹구름
먹구름 사이 자줏빛 해
살며시 미소 짓고

불곡산 단풍
울긋불긋
추운 겨울 준비하고 있네

산 너머 저쪽
그 누가 살고 있는지
피안의 세계가 있는지

오늘도
서실에
아버지 훈장, 사진과
전위 화가였던 동생의 사진과 그림
그리스 신화 서양 미술 400년 책들
바라보며 명복을 비는 아침인사
오늘도 시작되네

책 속 단풍잎

단풍잎과 함께
가을이 깊어가고
오래된 책 속 단풍잎 미소 띠며
추억으로 남아있네

올가을 단풍잎
책갈피 속에 넣어 두면
또 추억으로 남아
누군가에게 발견되어
아름다웠던
이 가을 소식
전해 줄 수 있을까

전자책
스마트폰을 더 많이 들여다보는 시대
훗날 책갈피 속 단풍잎
반길 수 있을는지

천주교 솔뫼 성지

성 김대건 신부 탄생지
솔뫼 성지

탄생 200주년 맞아
충남 당진 내포 지역
신앙의 터 탐방하는 기쁨

한국 최초 신부 김대건 생가
신앙의 유산 삶의 가치 이어받은
기억과 희망, 가톨릭 신앙이 싹튼 터전
김대건 신부와 4대 순교자 살던 곳
'한국의 베들레헴'

프란치스코 교황 솔뫼 성지 방문으로
순교자의 얼이 사무친다

신부 생가터
한국적인 모습
여름 꽃 백일홍 예쁘게 피었네

아름다운 소나무들의 군락

솔뫼의 의미

한국 최초 신부의 신앙의 숭고함
묵상해 본다

태안 신두리 해안지구

신두리 해안지구 습지
태안군 신두 해변길

바닷바람이 쌓아놓은 크고 작은 모래언덕
해안 뒤 소나무 숲이 방풍림을 이루고 있는 곳
신두리 사구 우리나라에서 가장 큰 해안사구

한국 사막으로 불리는 천연기념물 제431호 구역
북쪽에 위치한 좌우로 끝없이 펼쳐진 사구

북서 계절풍이 한 방향으로 계속 불어
신두리 해안 사구를 만들고

신두리 모래땅 살아가는 초종용 군락지 고라니 동산
곰솔 생태 숲에서 해송이 늠름하다
태풍이나 해일 등 자연재해를 막아주며
바닷가 모래가 날아가지 않도록 역할을 하며
생태체험과 건강을 지키는 장소로 활용되고 있다

생태 숲 지나 작은 별똥재
탐방로 걷다가 나오는 움푹 파인 둥글고 큰 구덩이가 작은 별똥재

우주에서 떨어지는 우주의 먼지

신두리 모래밭에는
모래 거저리 개미귀신 큰 조롱박 먼지벌레 등
이름도 어려운 생태의 보금자리이다

침묵 속의 삶

침묵
조용하지만 가장 강력한 실존 방식
침묵은 우주의 언어

고요 속
자기 자신과 일치하며
평화와 고요를 느낄 수 있는
고독과 함께 하는

인간은 외로운 존재
자신을 깊이 만나고
혼자만의 시간 공간 갖고
고독의 시간을
은총의 시간으로
과거를 되돌아보고
현재의 삶을 반성하는
자신과의 화해

지나간 나의 삶
되돌아보는
침묵 속의 삶

아름다운 만남

김문한

무거운 짐 지고
따가운 햇살에 비실거릴 때
그늘 되어주신
그대를 만났기에 일어설 수 있었습니다

웃음소리 바람 소리에
내가 나를 버리려 할 때에도
비가 오고
눈이 와도
가야 할 길 가야 한다고
위로와 용기 주시고
신천지 밑그림 그려주신
그대를 만났기에 외로움 견딜 수 있었습니다

무슨 연의 끈이 있었기에
이렇게 잠잠한 감동으로
만날 수 있었는지 알 수 없지만
그대가 부르는 소리
언제나 얼어붙은 내 가슴 녹여줍니다

---

* 이 시는 김문한 시인이 김용구 시인에게 드리는 헌시이다.

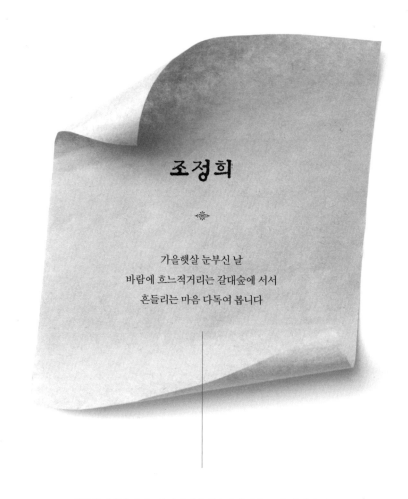

조정희

꧁

가을햇살 눈부신 날
바람에 흐느적거리는 갈대숲에 서서
흔들리는 마음 다독여 봅니다

지삿개 바위 | 가파도 | 카멜리아 힐 | 아카시아 꽃잎 날리던 날
내가 고물이다 | 화를 다스리지 못한 참극 | 고백
용서할 수 없는 그 한마디 | 나무의자 | 치유의 숲길

PROFILE

충남 공주 출생. 『한국문인』 신인상 등단. 창시문학회 회장 역임. 저서 : 시집 『곁에 있나요』, 공저 『꽃씨』 『계간 문
파 대표 시인 선집』 외 다수.

지삿개 바위

서귀포시 중문과 대포 해안 걸쳐
지삿개 해안 지삿개 바위 만나러
비바람 맞서며 찾아갔던 날
용암을 돌기둥으로 갈라놓은
저 수직의 거대한 주상절리 앞에서
넋 잃고 서 있다
빨간 모자가 날아가 버렸다
혼이 날아가지 않아 다행이다
바다를 지키는 호위무사처럼 위엄있게
거인처럼 서 있는 용암의 걸작품
혼을 앗아간 경관에 감탄 소리
빗줄기 타고 가슴에 흐른다
학술적 가치 높아 천연기념물인 저 도도함
자연이 제일 위대한 예술가다
천년만년 흔들림 없이 파도와 맞서며
바다를 철통방어 하여라

가파도

오월이 오면 가파도로 날아가고 싶다
가오리(가파리) 닮아 가파리
덮개 모양 닮아 개도
가고 싶어 가파도란다

모슬포에서 배를 타고
마을 어귀 들어서니
구멍 숭숭 난 돌
파도에 깎인 매끌매끌한 돌로
쌓은 야트막한 담장이 정겹다

담장에 기대 사진 찍으며
돌담 사이 기웃대며 걷다 보니
널따랗게 펼쳐진 청보리밭
초록빛 커다란 손수건 흔들며
두 팔 벌려 안아주었다

세상사 걱정 근심 바람에 날려 보내고
흔들리는 청보리처럼 흐느적거리며
콧노래 흥얼거리고픈 가파도
찰알싹 찰알싹 파도소리

여심 흔들어 가지 마라 한다

보리밭 한 귀퉁이 오두막집 짓고
보리피리 불며 파도소리 벗 삼아
천국인 듯 살고 싶어라

카멜리아 힐

오색의 빛깔로 몽실몽실
부케처럼 피어난 수국
천국인 듯 아득하다
지상의 아름다움이라니
천국이 바로 이러하리라
나비가 되어 수국 온실
마음껏 날갯짓하며 날아다녔다

은은하고 감미로운 꽃향기
천상인 듯 몽롱하다
지상의 낙원 같은 정원 거닐며
동화 속 천사가 되었다

수국처럼 환한 표정 아니어도
먹구름 가득한 얼굴 아니길
은은한 향기 지니지 못하였어도
악취 품기는 여정은 아니길

나의 뜨락
화사하진 않더라도
들꽃들 소담소담 피어나
나비와 벌들 찾아오면 좋겠다

아카시아 꽃잎 날리던 날

탐스럽게 주렁주렁 꽃 피워
그윽한 향기 온산 가득하던 아카시아 꽃잎
짧은 생 마치고
오월의 바람에 눈처럼 날린다
물기 빠진 꽃잎 이리저리 나부끼며
작별을 고하는데 눈언저리 눈물 고인다

아카시아 꽃 만발하면
싱그런 꽃송이 명주 앞치마 가득 따
돌절구에 쌀가루 곱게 빻아
꽃과 쌀가루 고루 썪어 시루에
모락모락 김 나던 아카시아 떡
만들어 주시던 울 엄마
아카시아 꽃잎 날리던 날
마른 꽃잎 되어 천상으로 떠나셨다

해마다 오월이 오면
아카시아 꽃향기 나던 엄마 품속에
포근히 안기는 꿈을 꾼다

해마다 꽃은 피고 지는데
떠나가신 엄만 돌아올 줄 모르고
그리운 향기 찾아 숲을 헤맨다

내가 고물이다

컴퓨터 전원 눌렀건만 모니터가 먹통이다
다시 전원 눌러봐도 요지부동
컴퓨터 본체를 살피다 전원 연결코드
빠져 있음 알았다

컴퓨터가 고물이 아니라
내가 고물이다
전원조차 연결하지 않고
섣부르게 무시했단 말인가

오랜 세월 주인이 두드리는 대로 순종하며
헌신해 온 공로 잊었단 말인가
자판만 두드리면 원하는 것 척척 알려주고
어쭙잖은 글도 저장해주며
전송까지 해주는
충실한 비서인 널
고물이라 말한 내가 고물이다

화를 다스리지 못한 참극

이혼 소송 중인 아내
아이들 옷 챙기러 친정아버지와 함께 집에 갔다
남편에게 일 미터가 넘는 일본도 무자비하게
아버지 앞에서 죽임 당했다는 뉴스
눈앞에서 딸의 처참한 죽음 목격한 아버지
어찌 살 수 있단 말인가
숨이 멈추기 전 고인이 남긴 말
'아이들은 어떡해'
가슴이 미어진다
그 남자는 아내만 죽인 게 아니다
장인도 아이들도 죽인 거다
순간의 분노로 빚어진 참극

한 몸처럼 서로 보듬던 인연이건만
악연으로 끝맺음한 비극
안타까운 마음 천근만근이다

고백

바람에 도토리가 투욱 몸을 던진다
생을 마감하는 소리 무심하다
도토리처럼 미련 없이
생을 접을 수 있음
좋겠다는 생각 머릿속을 스친다

병마와 싸우지 않고
어느 날 갑자기 잠자다 고요히
거두어 가 달라 기도한다

삼 년이란 시간 통증으로 고통당하던 엄마
어서 빨리 통증 가운데서 해방시켜 달라
간절히 기도했었다
엄마의 아픔 차마 지켜볼 수 없어
묵주기도 드리던 시간들
엄마를 위한 기도였을까
나를 위한 기도였을까

구월의 숲속에서 고백한다
그것은 나를 위한 기도였다

용서할 수 없는 그 한마디

남자의 입에서 그녀에게
미안한 것이 하나도 없다
말하는 순간
가슴 밑바닥 꾹꾹 쌓여있던 분노
불화산 되어 폭발한다

남자의 그 말은 폭탄이다
수없이 난도질하여 옹이 진 상처
다시 후벼 파
고통으로 울부짖는 그녀에게
그 말은 비수다

한 치의 양심이 있다면
그 말은 평생 내뱉지 말아야 한다
무릎 꿇고 백배사죄해도 용서 안 되는
깊숙이 박힌 옹이
제발 후벼 파지 마라
뻔뻔스러운 그 말은
그녀에게 시한폭탄이다

나무 의자

산책길 한 귀퉁이 덩그러니 놓여있는 나무 의자
고단한 다리 쉬어 가라 한다
고마운 의자와 헤어져 모퉁이 돌자
등받이 있는 의자 놓여있다
순간 고맙던 마음 어데 가고
아쉬움이 밀려온다

욕심이란 이런 것이다
종 두면 말 타고 싶다는 옛말처럼
더 편한 것에 마음 뺏겨
고마움을 잊고 사는 이기심

입으론 작은 것에 감사하자 노래하면서
큰 것에 마음 빼앗겨
한숨 짓는 인생
욕심 없이 살아야 행복하다
나팔 불지만
마음에 그득한 탐욕 덩어리
끌어안고 걸어가는 위선자

치유의 숲길

바람에 살랑이며 향긋함 내뿜는 나뭇잎
풀잎 사이 폴짝폴짝 뛰어노는 방아깨비
해맑게 피어난 들꽃 머리 비비며
꿀을 모으는 일벌들의 윙윙거림
가슴에 살포시 안겼다 지나가는 바람결
나뭇잎 사이 얼굴 내민 저 찬란한 햇살
하늘에 두둥실 떠있는 무심한 뭉게구름
이 모든 것이 다 무상이다
날마다 변함없이 반겨주며
무거운 마음 내려놓고 가볍게 걸어가라 다독인다
맘껏 맑은 공기 호흡하라 속삭이는
치유의 숲길에서
울창한 나무가 되어 보고
향긋한 풀잎도 되어보고
어여쁜 들꽃도 되어보고
무심한 뭉게구름도 되어본다

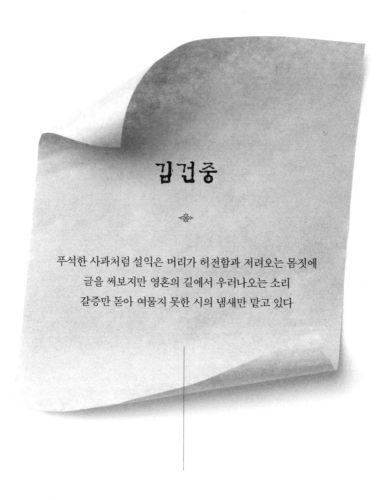

김건중

❖

푸석한 사과처럼 설익은 머리가 허전함과 저려오는 몸짓에
글을 써보지만 영혼의 길에서 우러나오는 소리
갈증만 돋아 여물지 못한 시의 냄새만 맡고 있다

헛소리 | 봄은 그냥 가는가 | 분홍 글씨 | 그 언덕 | 시를 쓰고 싶을 때
흔들리는 망루 | 방황 | 숲길을 걷고 싶다 | 바람은 부는데
새벽을 기다리는 사람

P R O F I L E

전주 완주 출생. 계간 『문파』 시 부문 신인상 등단. 한국문인협회 회원, 문파문학회 이사. 대한민국미술협회, 창시
문학회 회원. 대한민국 미술대전 2회 입선. 저서 : 시집 『길 위에 새벽을 놓다』, 공저 『나는 아무래도 시를 써야겠
다』 『수채화 연습』 등 다수.

헛소리

어머니 장독대 항아리 간장 가득했을 때
골목엔 굴렁쇠 구르는 소리 소란스러웠다

책갈피 몇 장 넘기며 졸고 있다가
소주잔 노란 바람에 흔들리고
애간장 다 타버린 세월도 푸르렀던 시간도 문턱을 넘어
빈 항아리엔 간장 아닌 빗물만 고여
굴렁쇠 돌리는 소리도 봉선화 향기도
모두 입을 다물고 목 줄기에 가래만 끓는다

철새는 마른 강을 뛰어 날아가고
파도는 밤길에 골 따라 너울거리는데

아파트 계단은 층층 올라만 가고
신발장에 헐벗은 구두 발자국
덕지덕지 서럽게 누워있다

봄은 그냥 가는가

驚蟄경칩을 지나 얼음 녹아 조각난 구멍
개구리 튀어 올라 하얀 태초의 빛을 부른다
산야에 움트는 생명의 머리 위에 솟아오르는
인고의 멍울 깨고 어둠을 밀어내는 바람의 소리

향긋한 양지바른 마을에 온화한 텃새가 날아가고
어미 닭 따뜻한 품속 진고의 뚜껑 열고
나온 병아리. 낮은 햇빛에 어미 따라 두엄 뒤져
먹이 찾는 아장거리는 그때의 봄에도
여전히 오리나무에 소액은 번져 올라 망을 터트리고 있었다

황소의 귀에 매단 방울 소리 딸랑딸랑
산 밑의 밭고랑에 느린 걸음, 그늘에 빛을 끌고 가고
가을에 부르는 농가월령가 봄의 텃밭에도 휘파람으로 울린다

화려한 꽃밭이 영글어 바람으로 꿀벌을 부른다
푸르름 잔잔함 따뜻한 낮에 익어가는데
어느덧 꽃잎 하나둘 강물에 흘러 정처가 없고
봄비가 후줄근히 내리는데 봄은 가는가 떨림이
늦어진 꽃 무리에 슬픈 곡조 낮게 흐른다

식어버린 쇠뚜껑에 자주감자 뜨겁게 삶아
밥상 위에 올려놓고 가버린 어머니의 손끝같이
생명도 낳고 사랑도 낳고, 그렇게 봄은 간다

분홍 글씨

빛의 요정처럼 선뜩 왔다 갔다

발신자는 없고 받는 사람만 있는 분홍 글씨
편지 한 장 슬쩍 지나쳐 머리 깨고 보니
온화한 해풍처럼 따뜻하다

봉투에는 침묵의 하얀 눈동자만 젖어있어
시간도 날짜도 없는 달력 하나 너풀거리고
무진장 고요가 넋만 떠 있어
시작도 끝도 없는 감성으로만 들리는 글씨
있는 것의 그림자도 없는 것의 햇빛도 보이지 않고
삼각산에 달 뜨는 별빛도 북극의 설봉에
어름 등짝도 연꽃에 꿀을 따는 벌도 없고
땀으로 얼룩진 질곡 눈물 씨앗도 보이지 않았다
들릴 듯 말 듯 천상의 음악인가 조용히 흐르고 있었다

편지 뒤집어 보니 가다가 막혀버린 골목
돌아서는 어머니의 등 굽은 허리 보이고
다듬이 소리 조용히 흐르는데 마디마디마다
먹여 살린 꽉 찬 뒤주에 사랑의 손길
아직도 슬픈 곡조 두더지처럼 아프다

생명 끈 늘어져 조급한 외줄의 한계에서
편지 더듬다가 온데간데없는 분홍 글씨

느긋하게 낮은 자세로 오라는 끝말만 남아있다

그 언덕

겨울의 꼬리 감춘 넓은 들녘
포근한 빛을 담아 안개 속이 널널하다

들판은 길고 산은 낮아 구름이 가깝다
바닥 위의 솟아나는 새싹 새롭고 다정해
바람의 벽은 무너지고 아지랑이 무진장 퍼 나른다

진달래꽃 산뜻하고
미루나무 하얀 눈동자 구름밭에 머물고
논두렁 타는 냄시도 꽃향기로 번지는가
저 멀리 흐르는 실개천에 가제 한 마리 수염만 길다

시를 쓰고 싶을 때

용광로 바다에 던져 튕기는 불덩이
그런 열정으로 글을 쓰고 싶다

목을 넘어오는 단침이 울컥거리고
별빛처럼 살아 오르는 기억 한 자락 붙들고
펜을 들어 올린다
책상 앞에 놓인 빈 의자가 허전하게 보일 때
흐트러진 새하얀 벽지 한 장 올려놓고
범종 울음소리보다 더 깊은 곳에서
울림의 소리 다가올 때 망각된 흐름의 충동
물밀듯 몰려와 언덕의 쌈지 문을 연다

살고 있다는 것에 대한 의문의 갈증이 감감할 때
고요가 화살처럼 꽂아오는 밤의 한가운데
겨울의 끝자락에서 고드름 녹아 하나둘 물방울 떨어져
돌벽에 봄의 구멍을 뚫는 소리로 엮어
차분하게 일어서는 감성 잡아 노래로 부르고 싶어
맑은 언어로 종이 위에 타자를 칠 것이다

글은 무한한 그림을 그릴 수 없듯 쉽게 떠오르지 않아
아픈 창작의 질곡에서 한 알의 시를 위해
오늘도 한발 띄어 놓는 기쁨의 고뇌에 서 있다

흔들리는 망루望樓

푸른 정원의 풍경 꿈에 보는 사람들
방향 잃은 눈빛 멈출 곳 찾고 있다
119의 굉음 소리 질러 산산이 부서지고

풀벌레 하나 씹은 뜹뜰한 얼굴
깡마른 시선들이 줄지어진 11번 버스 종점
아파트 들어서는 돌계단 악지로 마련한
개미집 밟고 간 새벽의 사람들
돌아오는 그늘진 맨바닥

시멘트로 얽어맨 다리 난간에 빌붙어
편 민들레꽃 바람에 흔들려 정처 없는 그 자리
푸르름 보는 시선 다 어디 가고
눈물 어린 상소문만 너불거린다

이웃과 마주 앉는 정담도
마스크 쓰고 막아야 한다는 시대의 요청이라니
그나마 있던 찌그러진 소통도 벽을 쌓아
사랑의 한마디도 사이 띄어 건너라는 두꺼비집

안타까운 망루에 흐려지는 초점만 보인다

방황

방향 없는 넋두리 허공 나는데
묶어 맨 동아줄 못 믿어
아픔에 흔들리는 들꽃처럼 바람이 차다

긴 신호등 까칠한 불빛만 흐느적
나침반마저 모르쇠로 발길이 없다
말꼬리 잡고 잠이 들어 일궈낸
공허한 몸짓만 덜컹인다

하늘에 새도 고향 강남 가는 길 아는데
비껴날 수 없는 창틀에 얽어 사는 이
나뭇가지에 오롯한 순환의 떨림 모른다

낡은 허깨비 손 흔들어 방향 제시할 때
빼어날 수 없는 허당에 빠져
마음의 텃밭이 쑥밭이다

북새통 이루다가 시계탑 몇 바퀴 돌았는지
장터목 파장에 뒷문 닫힐 때
돌아갈 집, 길을 묻는다

숲길을 걷고 싶다

깡마른 초가지붕 구부린 듯 용마루 둥글게 말아
이슬 같은 햇빛이 따뜻하다

검은 염소 두 마리 새끼줄 매어 꼴 먹이려 나가는데
어머니 막내 부르는 소리 갈라져 뒤따른다
풀밭에 들어서면 자운영 푸른 밭 뒷덩이에
기적 없는 검은 화물열차 지나가고

밭두렁 사이에 둔 배밭에 하얀 꽃 흐드러져 은하의 세계 이룬다
실개천변 생명체들 몸 푸는 트림 들녘에 울림으로 퍼지고
빈터에 햇닭 울음소리 보리밭이 청초하게 익어간다
희미한 서산마루에 땀 밴 할매의 무밭이 흩어지고 있다

숲속 길 지나 오솔길 들어서면 노란 잔디 헐벗은 무덤 하나 덜렁
썩어진 삽자루 무심하게 누워있다

바람은 부는데

풀벌레 소리 귓가에 멈춘 지 오래고
들가죽 출렁이는 난간
칼바람 부는 도시의 귀퉁이에
각을 깎는 조각사의 땀의 얼굴 어디 가고
바람의 문 두드리며 시큰거림만 서 있다

나이테 엉글 대로 넓어져
이젠 더할 것도 탐할 것도 없어 마음도 비웠다고
수없이 뇌까리고 다짐도 했는데
무엇 하나 가슴 덩어리로 얽혀 매고 있는지
삭지 않은 도마 위의 날 것처럼 저려오는 몸
속으로 우는 갈등 뜸북새 울음보다 깊다

댓잎에 내려앉은 달빛 이슬 젖어오는
밤의 소리 머리에 이고 잣는데
눈을 떠보면 모래성 쌓아 올린 벽에 둘러싸인 빈 바닥

외줄기 바람에 흔들리는 갈잎의 뼈다귀같이
푸석한 머리 쓰다듬는 사이
'내도 나를 모른다'는 헛소리 같은 구호 하나 누워있다

새벽을 기다리는 사람

밤의 어둠 깊어 가 서서히 동창에 허물어지고
어둠이 지워지는 소리 적막만 흘러 비단길 안개만 깐다
새벽은 바람에 일으켜 깨우고
계절에 오는 새벽은 늘 따뜻하다

어둠과 밝음이 갈라지는 그 자리엔 유연한 정서만 있어
생명의 움트는 소리 하늘을 갈라 열림의 소리만 희맑다
어둠의 밖에서도 토막 난 시간을 사랑하는 자 빛은 밝고
철령으로 오는 새로운 빛의 경이로움과 어둠의 밤을
심상深想하는 사람에겐 새벽은 먼저 온다

가난의 끈을 벗기 위해 근로자 도시락 빛의 열매이고
밤을 꼬박 새운 알바생의 손에 든 노트북만의 지혜 낳는다
선사의 법당에 불 올리는 노승의 염주가 너무 달아 고요한
난청이다

"새벽종이 울린다 우리 한번 잘살아보자"라고 외친 지도자
이념은 달랐지만 "닭의 목을 졸라도 새벽은 온다"*고
한때의 민주 투사 그분들 모두 가셨지만 새벽의 깊은 이해
기다렸던 분

아침의 해 찬란보다 황혼의 빛이 더 아름다운 시인
새벽 고요함과 은은한 정정의 색깔 어느 화가가 진솔하게
키워낼 수 있나

이슬 젖은 신선한 한 포기의 풍난이 새벽 이야기 들려준다

---

* 김영삼 전대통령의 어록.

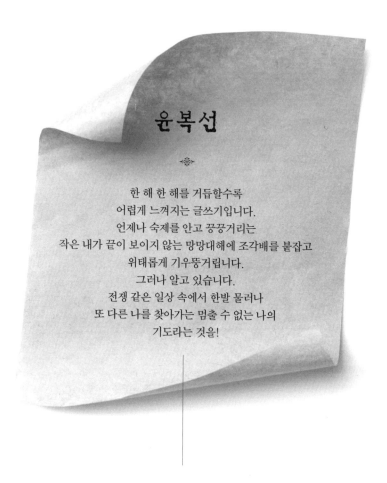

윤복선

한 해 한 해를 거듭할수록
어렵게 느껴지는 글쓰기입니다.
언제나 숙제를 안고 끙끙거리는
작은 내가 끝이 보이지 않는 망망대해에 조각배를 붙잡고
위태롭게 기우뚱거립니다.
그러나 알고 있습니다.
전쟁 같은 일상 속에서 한발 물러나
또 다른 나를 찾아가는 멈출 수 없는 나의
기도라는 것을!

P R O F I L E

충남 부여 출생. 계간 『문파』 시 부문 신인상 등단. 한국문인협회 홍보 위원. 문파문학회 회장. 창시문학회 회장.
한국여성문학인회 차장. 저서 : 시집 『팝콘이 터질 때』 『숲은 아직도 비다』, 공저 『사랑의 역설』 『계간 문파 대표
시인 선집』 등 다수. E-mail : ybskrw@naver.com

가을에 만난 사람
-조병화 문학관(편운)을 다녀오면서

익어가는 모든 것이 땅으로 떨어지는 계절
편운의 하늘은 구름 한 점 없이 맑다.
파이프와 베레모를 조각상에 올리면
지연희 왔는가
자네들 왔는가 말해줄 것 같은 흔적
어른들만 알고 있는 비밀이 묻히듯
뜰 안에 누운 어머니와 아내 그리고 시인은
만족해 보였다.
계절을 먼저 부른 모과나무에서
서둘러 떨어진 가을은
주인 없는 장독대에 앉아
그리움을 말리고 있다.
돌아서 오는 길에
아무것도 준비되지 않은 자화상 앞에
엉켜버린 실타래를 잘라내고
숨어있던 작은 꽃씨 하나
온 맘으로 심었다.

가을은 시작되고

수변 연잎은 수많은 팔레트
물감을 짜놓고 가을을 채색하려 준비하고 있다.
붉은 꽃잎이 모두 떨어져
아니온 듯 가볍게 낮달이 걸리고
비우고 채우는 찻잔처럼
오늘도 여여한 하루가 당신 앞에 놓였다.
아바타 영화 첫 장면
I see you
나는 당신이 보입니다.
그런 하루가 되기를 기도하면서
저만큼 올라간 파란 하늘에
커튼으로 내리는 춤추는 가을
새벽

굽은 나무

숲은 굽은 나무를 품고 있다.
하이에나의 낮은 발걸음이
조용히 엄습하는 밤으로부터의 공포에서도
에티오피아의 낙타가 소금을 매달고 걷는 사막 같은
그런 메마름이 뿌리째 타들어 가도
쭉쭉 뻗은 저 세상에서
굽어져 옆으로만 자라는 나무 한 그루
숲은
치맛자락으로 펼쳐 안고 지고
세월 갈수록 사랑의 크기로만 자라는 아픈 손가락
쓰러져도 다시 시작만 있는 순간들이 모여서
뼈마디 부딪히는 삐거덕거림, 온몸으로 스민다.
실컷 앓고 나면
숲은 내일을 말하지 않는다.

그렇게 아픈 미소

고귀한 흰 빛이라는 꽃말 에델바이스처럼
한지로 만들어진 보송보송한 꽃송이가
가슴에 환하게 놓였다.
살아오면서 가장 화려한 옷을 입었다.
평생 한쪽으로 기울어진 입 매무새의 편견이 돌처럼 굳어져
표정 없는 한 장의 사진처럼 사셨다.
환하게 웃거나 큰 소리로 말하는 모습을 본 적이 없다.
어쩌다 한 번 흐린 기억도 어린 날의 바람 속 상상일 것이다.
가족이 모두 모였다.
감당하기 힘든 이별의 마지막 배웅
호주머니가 없고 계절이 없는 옷을 입은 아버지가
반함飯含을 입에 물고
기울지 않은 입으로 빙그레 웃고 있었다.
이봐 아버지가 웃고 계셔
인자하고 부드러운 반듯한 입술의 미소
평온하고 멋진 미소가 92세에 완성되었다.

봄비처럼

가슴이 떨렸습니다
한 방울 봄비가 톡하고 떨어져 번질 때
곱디고운 울 엄마 눈물 같아서
엉켜버린 삶의 실타래를 밤새 풀어서
형체가 없는 당신의 사랑으로
이내 폭우처럼 쏟아질 때도
그것이 얼마나 큰 사랑인 줄
그때는 꿈에도 몰랐습니다
빨간 꽃잎에 닿으면 빨간색으로
푸른 바다에 떨어지면 파랑으로
초록 잎새에는 초록으로
사랑은 그렇게 내렸습니다
조건 없는 사랑비
당신은 그렇게 내게로 내립니다
언제나 그리운 봄비입니다

비 갠 날의 잔상

한 방울씩 모여서 마음의 호수를 만들었다 토란잎에
흘러가는 구름과 이름 없는 얼굴 하나 담겨있다 그 호수에
멀리서 보면 푸르름 위로 풀잎들이 너울거린다 그 바람으로
밤 깊어가는데 젖어드는 풀벌레 소리 아우성이다 이 어둠에서
한 몸에서 올라온 나무 하나 반쪽이 시들거린다 이름 없는 벌판에서
온전히 가엾게 여기는 것은 수행의 완성이라 했는가 우리들의 마음에서
빈센트 반 고흐의 〈별이 빛나는 밤〉에 무릎 꿇은 오늘 하루
별 하나 지키며 살고 싶다 여기서

서글픈 봄 사랑

구름 사이 커튼을 열어젖힌 햇살처럼
봄볕이 내려앉은 휴일 오후
말없이 길을 걷다 본능처럼 발을 멈췄다
자체적으로 발열해 눈을 녹이면서 핀다는 복수초
주머니를 매달고 순진한 사랑 꽃말, 보라 제비꽃
앉은뱅이 별명을 갖은 노란 민들레
봄 까치라는 작은 별꽃
사이사이 삼각형 씨앗을 달고 층층이 올라오는 냉이꽃까지
화엄사 각황전 홍매보다
길상암 천연기념물 485호 들매화 보다보다 더
감동이다
소란스럽지는 않지만 잠시도 멈춤 없이
캄캄한 땅속에서 이 순간을 겨우내 기다렸을 애틋함
이 아름다움을 당연한 것으로 생각지 않으려
몸을 낮춰 앉았다
바람 냄새 타고 오는 향기까지
봄은 서글픈 설렘이다

이방異邦의 하얀 오리

운무가 호수에 내려앉은 이른 아침
모세가 신의 계시로 만든 장막 같다.
어슴푸레 호수가 드러날 때쯤
이쯤 저쯤 갈대 풀섶 연꽃 사이로
작은 잿빛 오리 무리 지어 둥글둥글 출근길
그 시각 언덕 둑으로 올라오는 커다란 흰 오리 한 마리
남자는 먹이를 꺼내주고
여자는 이름을 불러준다.
호수의 이방 오리는 만남이 끝나면 언덕을 내려간다.
달이 뜨고 밤이 지나가는 시간
오리는 내일을 기다릴까
어느 날 아침 하얀 오리가 언덕으로 올라오지 못하면,
남자가 그 아침을 잊는다면,
무언의 약속이 깨지는 날
남은 이의, 혹은 언덕을 뒤뚱뒤뚱 올라오는 하얀 오리는
허공의 눈 맞춤 얼만큼이나 해야 할까
채워지지 않는 기다림 안고 돌아서야 할 발길
호수의 깊이만큼 아플까
너 울리고 나도 울까봐 두려워
산책길 내내 따라오는 고뇌의 무게
깊어가는 가을날 아침이다.

익지 않는 사과

한 입 베어 물은 사과가 식탁 위에 있다.
여자는 사과를 열었다.
충혈된 눈에 인공눈물을 넣고
안경을 썼다.
사과도 인공눈물도 안경도 처음부터 여자의 것은 아니었다.
스티브 잡스의 사과에서 뽑아내는 까만 실이
용수철처럼 춤을 춘다.
밤은 새벽으로 달리고
거칠게 내 쉬었던 숨이 말한다.
쉼표를 찍어봐
뮬리 꽃이 피었던, 코스모스가 피었던 가을은
이미 사과 속에서 잠이 들었다.
여자보다 사과가 더 많은
기억을 가지고 있다.
또 다른 닉네임을 가지고 사과 속에서 여자가
세상과 소통하며 살고 있다.
오늘 밤에도 여자는 사과 속의 세상에서
로그아웃하면 살아진다.

지킬 수 없는 약속

형제는 마른 땅에 의미 없는
반복된 발장난을 하고 있었지
하늘에는 별 하나 없이
자꾸만 어두어져 갔어
횡하니 흙먼지를 남기고 떠나가는 버스 뒤로
나뭇잎 하나 따라가다가 지쳐서 뒹굴고
느려진 발 장난이 눈물로 바뀌기 전
저기 달려오는 마지막 버스 한 대
쿵쾅대는 어린 가슴 위로
내릴 사람 없는지 멈추지도 않고 달렸어
앞서거니 뒤서거니 어둠을 차고 걷는
나는 8살 동생은 6살
먹먹함과 막막함이 무엇인지도 모르고 교차하는
어린 나에게
할머니는 또 내일을 얘기하셨고
그 밤에는 아무것도 믿고 싶지 않았어
그래도 날이 밝아지면 또 기다리는
열 밤만 자고 올게 엄마의 약속
아마 그때부터였던 것 같아
오십이 넘은 지금도 퇴근길 정거장에 서면
구두 밑창을 뚫고 올라오는 회갈색 마디마디

붕대로 감아 놓은 생채기에서 배어 나오는 핏빛처럼

땅에서도 하늘에서도 노을이 깊어

지금도 돌아가신 엄마를 그때처럼 기다려

정거장에 서면.

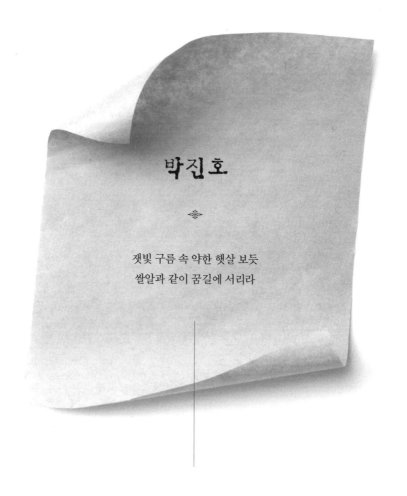

박진호

❧

잿빛 구름 속 약한 햇살 보듯
쌀알과 같이 꿈길에 서리라

P R O F I L E

문파문학회, 한국문인협회, 한국가톨릭문인회, 국제PEN한국본부, 동국문학회, 창시문학회 회원.

기연奇緣

꽃술에 나비 찾듯
해안가 바위의 아늑함은
용궁에서 올라온 연꽃일까

올해도 8월의 매미 소리 따라
떠나는 피서
새로운 인연 위해

미지의 세계
마도로스의 바람처럼
여름의 신기루 찾는다

그로테스크

우물에 종이를 적셔 생긴 얼룩
불장난이 남긴
마음의 흔들림이었다

그리스 로마 신전의 신탁
섬이지신 하루의 발걸음은 굿
그 간절함은 그림자였다

길을 걸으며 받은 선물은 감정
겉옷을 태워 얻은
그을음에서 느끼는 추억이랄까

어둠을 만날 때

잠 못 이루는 어두운 밤
사막을 건너야 하는 순간이 올 때

흔적은 볼 수 없다
휩쓸려가는 어지러운 시간

별빛 따라 모래 언덕 넘는
갈증의 황량함

그럼에도
별빛을 품는 온정에 한 걸음씩 간다

그림자

홀로 길 찾는 힘찬 걸음
의지할 인연이 있어
어두운 밤 달빛 따라간다

홀대 속
깊은 골짜기 외진 계곡
던져 넣어도 기어 나와
묵묵히 춤추며 따라와
딴청 하며 이어 온 인연

질긴
나와 너의 간격은 허물지 않고
항상 한 축이 되어 지탱해 준 너

뿌리가 지나온 길

안 보이더라도
생존의 족보에서
포기 안 하는
산삼 뿌리처럼
맺혀지는
시간의 매듭

종이컵

한 여정을 거쳐 온
태생은 나무라는
순수한

담기는
농밀한 블랙커피
성품의 표현

대한민국 독립 만세

국립 현충원을 걸으며 감사한다
김상옥 의사 서울 승리의 표상
서울 시가전 의거의 순국으로
의열투쟁의 선봉이 되었다

김구, 조소앙 선생을 따른 의열단원들
손문, 장개석의 무관 학교 출신이 많다
김구, 조소앙 선생의 용단으로
카이로 선언, 얄타 회담, 포츠담 선언 이루었다

의병, 독립군, 의열 투쟁, 광복군
장장 51년의 투쟁 삼십만 이상의 희생
35년 만의 독립
대한민국 독립 만세

천사의 아픔

꿈길 속, 아련한 마음의 상처들도
천사의 기도를 받으면 아름다운 추억이 된다
천사들은 받아내는 마음의 피들로 괴롭다
삶의 방향을 조금 바꾸기 위한
처절한 싸움을 하는 영혼과 천사들
꿈속은 응급 수술실이 된다

참꽃마리를 보면 행복의 열쇠가 보이는가
천사의 나팔은 무엇을 노래할까
에델바이스의 추억을 얻기 위한
영혼과 천사들의 연합작전
영혼도 성형수술을 하는 시대
천사들은 고난의 길을 어떻게 걸어갈까

꿈길에 서다

흑룡을 타고 무지개 걸린 산마을에 올라오니
용이 담배를 피우고 밥공기에 불을 뿜는다
밥공기의 쌀알들이 용이 되어 승천하며
산마을에 해일이 덮치는

덕담 같은 꿈을 꾸며
지푸라기라도 잡고 서야 하는 이들
잿빛 구름 속 약한 햇살 보듯
쌀알과 같이 꿈길에 서리라

무엇일까 7

실을 바늘귀에 꿰는 듯
하루를 완성하는

오늘을 알지 못하므로
여유로운

기억되는 지금 이 공간
문 앞이었네

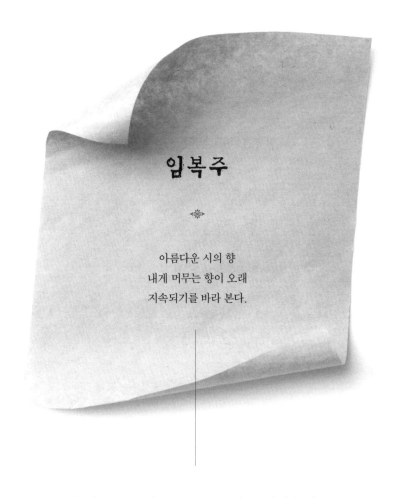

임복주

❖

아름다운 시의 향
내게 머무는 향이 오래
지속되기를 바라 본다.

PROFILE

전북 전주 출생. 창시문학회 총무.

밤바다

마음의 문 활짝
열어놓고 누워 바람을 안아 들고
찌르륵 벌레소리 불러들이는 밤

은물결 쏟아지는
바다 언저리에 바람 파도소리
뒤섞여 우는 소리 들었네

해묵은 몸부림은
차가운 밤바다에 다
던지라고 엄마에게 말해주었지

저 먼 곳 통통배
희미한 불빛 따라 길을 찾아가듯이
이미 한 등 불빛 따스하게
불 밝히고 있다고 전해주네

먼 이국땅에서 내 마음을 아는지
환하게 비쳐주는 달빛

벽돌담 철거하는 날

하얀 수국 꽃잎
바닥에 힘없이 깔리고
이름 모를 꽃, 잡초
앞마당을 점령한 지 오래

낡아진 수돗가
나뒹구는 신발들
녹슬어 허리 잘려나간 푸른 대문
무너진 벽돌담 모두 쓰러져 사라진다

뒤뜰 붉은 항아리들
내리쬐는 가을빛이 내 살던 방
고요한 창문 안으로 들어온다

어린 시절 추억이
햇빛과 그리움 사이로
허상이 되어 간간이 스쳐 지나간다

내가 살던 집
무명 적삼처럼 하이얀 수국
다시 무성할 날만 기다린다

사랑꽃

이슬 머금고
수줍은 듯 조용히
속삭이고 있네

침묵의 연속

산기슭
언저리 어느새
활짝 나래를 펴고 있다

코끝에
연보랏빛 향기로 다가와

해지는 서녘
꽃잎을 말리는 모습도
사랑스러운 사랑초

산꽃 향기 따라

이른 아침
가을을 알리는 꽃향기 따라
옥정호 맑은 물줄기를 돌아
어느덧 구절제 접어든다

따스한 햇살 조각 내려앉아
꽃대가 아홉 개인 하얀 구절초
무리 지어 흐드러지게 피어있다

구절초 순백의 아름다움도
고요한 저녁 달빛이 가리니

내려오는 길
쌀쌀한 바람의 소리 온몸으로
맞으며 시린 마음을 여민다

서풍

탁 트인 바다를
안고 싶은 마음 다잡지 못하고
일행은 서쪽으로 달려간다

서풍이 부는 바람을 안고
차창 밖의 반짝이는 짙은
쪽빛 바다로 떠나는 여행

저 너머로 멀리 보이는
희미한 연둣빛 섬
하늘과 맞닿은 풍경

길가에 철쭉꽃이 만개하고
사월이면 피는 바다 향 진한
붉은 해당화 꽃 우리를 반긴다

겹겹이 흩날리며 바람에
가득 떨어지는 꽃잎 사뿐사뿐 밟으며
친구들과 일상을 조각조각 나누었지
삶의 쉼표를 찍으며

돌아오는 길 서풍은 지고
감빛으로 물든 노을 진 바다
바라보며 우리도 붉게 물들어갔다

신시도에서

눈보라 하얗게 피는 강 따라
친구들과 신시도를 달린다

감빛 도는 일몰을 감상 보며
차창을 바라본다

눈꽃 향기 날리는 날
매서운 서풍 맞으며 서로 손잡고
걷고 걸었네

그 섬의 깊은 강물 따라
우리의 우정도 흐르네

미스터트롯

전 세계를 마비시킨 바이러스로
막막한 날들의 연속

신선한 자극으로 다가오는
일곱 빛깔 사랑꾼

수많은 사람들의 사랑 먹으며
지루한 일상을 견디어보라고
속삭이는 아름다운 조합

찐한 정으로 감성을 두드리며
오늘도 구수한 노래를 통해
라일락 향기 흩날리는
봄날로 이끌어주네

세월이 흘러도 순수한 모습
오래오래 간직하길 바라 본다

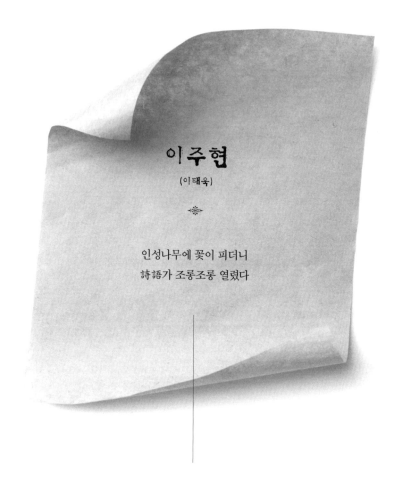

이주현

(이태욱)

❖

인성나무에 꽃이 피더니
詩語가 조롱조롱 열렸다

가고 있다 | 가을 | 고향집 | 미풍 | 살얼음 | 신이 내린 꽃
외로울 때 시를 쓴다 | 웃음 한 줌 | 제비꽃 | 하늘의 전쟁

PROFILE

2016년 계간 『문파』 시 부문 신인상 등단. 한국 문인 협회 인성교육위원회 부위원장. 수상 : 표암문학 신인상, 불교
문학 문학상, 창작문학 대상. 저서 : 시집 『가고 오네』 『기쁨도 슬픔도 내 것인 것을』.

가고 있다

한 생을 살아온 삶의 무게
이젠 내 키를 넘어섰네

어제는 타다 남은 청춘 뺏어 들고
바람처럼 사라지더니

오늘은 황혼을 머리에 이고
서산을 넘고 있다

세월아 가면 올 수 없는 길
쉬엄쉬엄 쉬어 가자

옆도 보고 뒤도 보고
행복도 즐기면서

가을

가을이
하얀 갈대가 되어 나풀거리고
가다가 돌아선 갈바람은
갈대를 안고 속삭인다

노을이 어둠 끝으로 멀어져 가고
만물의 숨소리도 잦아드는데

질긴 듯 말캉거리는 밤의 정적이
설친 꿈속에서 설경거린다

새벽이 오는 소리에
말없이 사라져 가는 가을

고향집

해 질 녘 그림자는 옛집을 지키고 섰고
푸른 강물은 반 변천으로 변했네

황혼이 서산머리에 쉬고 있을 때
피톤치드가 물씬거리는 청솔에 기대어

흐려진 눈앞으로 가시대추나무
삶의 모퉁이를 돌고 돌아
주마등처럼 지나가고

가시에 찔린 손가락은
아직도 피가 흐르고 있다

미풍

스쳐간 바람인데
옆구리가 시리다

가물한 추억인데
꽃처럼 아름답고

눈비가 내려도
쓰러질 줄 모르고

창 틈으로 배시시 엔도르핀 날리며
마음에 피는 꽃은 계절이 없다

살얼음

길고 긴 얼룩진 밤
삭풍은 창문 두드리며 서럽게 울고
멍든 가슴은 외로움에 시려 온다

졸음도 깊은 잠도 거꾸로 세워 놓고
문풍지는 문고리 잡고 몸부림치며
하얀 밤 지새우고

아랫목 왕골자리는 검게 타는데
윗목에 대접 물은 살얼음 끼고

새벽 문 틈으로 하룻밤이 빠져나간다

신이 내린 꽃

지혜로 피운 인성나무 꽃
시어가 조롱조롱 열렸다
자연의 꽃보다 더 아름답다

불에도 타지 않고
물에도 젖지 않는 고고한 향기
웃으면 피어나는 행복의 꽃이다

머리에서 가슴에서
하얀 뼛속에서 피어 나온

천년이 가도 변하지 않는 꽃
신이 내린 축복의 꽃이다

외로울 때 詩를 쓴다

흐르는 달빛 깨물고 씹어 가며
외로움 통째로 머릿속에 집어넣고
청솔 나무 말을 받아 詩를 쓴다

서러워하는 옹이 사연도 쓰고
뼛속에 흐르는 하얀 눈물
내 눈물로 씻어 주며 詩를 쓴다

독자들 손에 들려준 시집
둘도 없는 친구가 될 때까지
그 향기에 취하여 꿈속으로 갈 때까지

손가락에 쥐가 나도
물집이 생겨도
갈 길은 아직 멀기만 하다

웃음 한 줌

가슴은 화독을 안고 콩닥거리고
충혈된 눈을 하늘이 삼키더니

밴댕이 소갈머리 나를 주고
웃음 한 줌 가져가란다

평생 지지고 볶고 살아온 삶

화독이 사라지고
밴댕이가 떠나는 걸 보니

갈바람처럼 가슴이 시원하다

제비꽃

빛 고운 햇살은
아기 웃음처럼 흘리고

소슬바람에도 하늘하늘
허리가 휘어지던 가시내가

오늘은 황소바람에도
아슬아슬 웃음 흘리며
보랏빛 향기 날리고 섰다

만지면 뭉크러질 고 작은 가시내가

하늘의 전쟁

태양이 안 보일 때는
하늘 저쪽에 눈을 감고 참선 중일 게야

구름이 화가 나면
천둥 번개로 불 칼 휘두르고
푸른 하늘이 녹아내리고
장대 같은 피눈물을 쏟아붓는다

지구는 산이 뭉크러지고
홍수로 물바다가 되고
부지런한 개미는 집을 잃고
정처 없이 떠내려간다

태양은 차마 눈 뜨고 볼 수 없어
끓어오르는 화를 참는 중이겠지

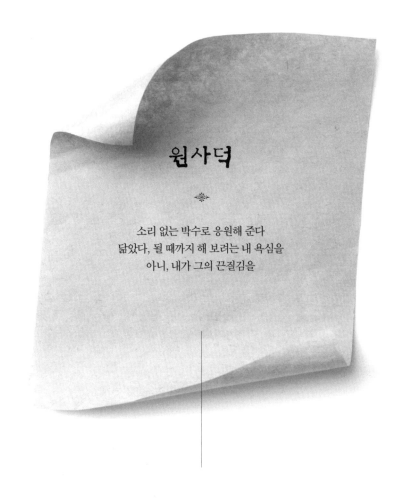

원사덕

❖

소리 없는 박수로 응원해 준다
닮았다, 될 때까지 해 보려는 내 욕심을
아니, 내가 그의 끈질김을

까치둥지 | 나를 바라보다 | 낯선 두려움 | 눈사람
뻥튀기 | 개미의 도전 | 화롯불

P R O F I L E

2015년 『순수문학』 시 부문 등단. 순수문학인협회 이사, 한국문인협회, 이대문인회, 한국여성문학인회, 문파문학회, 창시문학회 회원. 저서 : 시집 『갈대와 억새풀』 외.

까치둥지

동그마니 비었다
노란 입 벌리고 보챘는데
둥지 모서리에서 걸음마 배우고 햇빛 좋은 날
바람 따라 날개 펼치고 세상 구경 하더니
집이 너무 좁다고 어느 날 훌쩍 떠났다

독립을 외치다 직장 근처로 날아간 새
늦잠에 끼니 거르고 빈속이 쓰리겠지
진눈깨비 길에서 술에 취해 넘어지진 않을까
어미 품이 그립겠지
아들이 사는 동쪽 하늘을 바라본다

잘 지내니 제발 걱정 전화 사절한다는 아들
한 달 동안 안부전화 한 번 없다
어둡고 눅눅한 밤이 밀려온다
오늘 밤도 전화벨이 고요하다

나를 바라보다

주저 없이 달려드는 열차
캄캄한 터널을 달린다

건너편 유리창에 비치는
무표정한 여인
흔들리는 손잡이에 매달린
얼굴이 낯익다

내가 고개를 돌리자
그녀도 나를 돌려버린다

늦은 밤의 꼬리를 끌고 열차가 달린다

낯선 두려움

집 앞 상가 과일을 사 가지고 나왔는데
앞에 우뚝 선 아파트가 낯설다
우리 집이 몇 동 몇 호인지
지워진 머릿속을 아무도 알지 못했다
'많이 무거우세요' 번쩍 들고 앞장서 가는 아줌마
따라가다 생각이 났다 옆집 아줌마
우리 집은 108동 902호, 아줌마 아들 정균이

현관을 들어서며 소리 내어 울었지만
놀라고 걱정해 줄 사람이 없다
침묵을 강요받은 강아지 한 마리
소리 없이 반기며 꼬리를 흔든다

그 연세에 흔히 있는 일시적 증상
의사 말 믿고 오늘도 외출 준비
주머니 속 쪽지를 확인한다
이름 주소 아들의 핸드폰 번호
똑똑하게 쓰여있다

눈사람

눈도 뭉치면 사람이 된다
코와 눈썹을 만들고 우리가
눈사람이라고 부를 때
검정 입술이 슬쩍 웃었다
목도리 감아주고 막대 꽂아
장갑을 끼워주니 두 개의 팔도 생겼다

얼어 숨죽인 땅을 딛고 한철 살다가
뽐내던 덩치는 점점 작아지고
검은 숯덩이만 그 자리에 남겠지
봄이 오기 전에 그들은
이 자리에서 살다 갈 것이다

뻥튀기

옹골진 침묵 통로는 폐쇄되고
한 점의 물기도 허용되지 않는다

참을 수 없어 태어난 폭음
속을 뒤집고
쌓였던 응어리 일시에 내뱉었다

고소한 강냉이 냄새
내 맘도 너에게
보일 수만 있다면

터지고 싶은 욕망 깡통에 담겨
날아갈 듯 홀가분한 날개를 달고
두근거리며 줄을 서고 있다

개미의 도전

냇가 나뭇둥걸 물도 흐르지 않고 윤슬만
바닥으로 내려앉아 오랜만에 풀꽃과 마주한다

제 몸보다 훨씬 큰 먹잇감 끌고 가는
끊어질 듯 매달린 허리
힘겨워 놓칠라 솔잎 끝으로 살짝 밀어주는데
먹이 놓고 줄행랑친다

다시 와 주위를 살피는 가느다란 생명
두려움을 잊은 듯 끝까지 해보겠다고
입을 앙다물고 버려진 솔가지를 흘겨보며
다시 시작한다

소리 없는 박수로 응원해 준다
닮았다, 될 때까지 해 보려는 내 욕심을
아니, 내가 그의 끈질김을

화롯불

겨울의 맛이 따끈거리는 화롯불
된장찌개가 보글거리고 칼집 넣은 밤이 더디게 익어
설익은 살캉거림이 씹혔다

한겨울 빨갛게 곱아진 손은
할머니의 겨드랑이를 거쳐야 화로 곁으로 갔다
얼음이 박이는 것을 막는 할머니의 비법이다
삼발이 위의 가래떡이 노릇하게 구워지는 사이
화젓갈은 빨간 불씨를 찾아 올리고
화로 속의 인두가 섶 끝, 솔기를 꺾으려고 달아오르고 있다

쌓인 눈 밟으며 시린 손을 비비는 동네 어귀
다독거린 화로에서 꺼내 먹던 군밤 냄새
길 모퉁이, 연탄불 위에서
밤들이 모자 벗고 뒤척이며 기다리고 있다

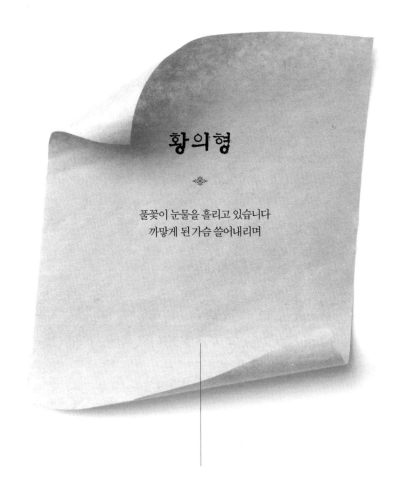

황의형

❖

풀꽃이 눈물을 흘리고 있습니다
까맣게 된 가슴 쓸어내리며

P R O F I L E

한국문협 정책개발 위원. 종로문협 운영위원. 창시문학회원. 수상 : 제5회 농촌문학상, 한글문학상, 종로문학상, 한국창작문학상 및 대상 수상. 저서 : 시집 『수평선』 『산은 흐른다』 『길은 멀어도』 외, 수필집 『그해 여름의 추억』 외.

독도 1

짙푸른 물결 위에
가부좌 틀고 앉아

해일海日에
젖은 꿈 말리는가,

격랑에 흔들리다
사무치는 외로움을

괭이갈매기 울음으로
달래면서

쌓이는 적막의 무게
배달의 얼로 달래는가.

아카시아 꽃 1

하얀 살결에
살포시 다가가 봅니다.

차가움 같은
온기가 건너옵니다.

꽃 속 어디쯤에
따뜻함이 머물고 있을까요

가슴을 흔들고 있습니다.

수국 같은 풍만함이
밀려옵니다.

상사화

한 번도 만나보지 못했습니다
언제 만나게 될지도 모릅니다
어긋나는 안타까움 속에서

가을이 오면
당신의 환생을 위하여
부식토가 되는 아픔을 안고

사무치는 그리움에
애태우고 있는 내 순결은
언제까지 혼자여야만 할까요.

선홍빛으로 불타오르다
다시 쓸쓸히 떠나게 되면
이 가련한 운명을 잊지는 않겠지요.

떠나는 그 자리에
다시 잎이 피어난다는 것을.

그날이 오면

안개꽃처럼 하얗게
임을 향하여 달려간다.

가슴 치는 조포 소리에
코끝 새큰거리는 목 울음 삼키며
피같이 늘어진 넝쿨장미 담길 돌아

꽃 같은 젊음을 조국을 위해
빛도 이름도 없이 꽃잎처럼 떨어진
장한 용사들의 혼 앞에 서니

하얀 꽃잎으로 가셨으나 얼은 뿌리로 내려
짙푸른 신록으로 피어올라
그날을 잊지 말라 포효하는데

먼 하늘가 솔개 한 마리
잠드신 회색빛 위를 맴돌아
회한의 눈물이 바람으로 스친다.

비목공원 단상

황량한 터전은 어디 가고
푸르른 숲 물의 적막만 흐르는데

낡은 통나무 십자가 위에
녹슨 철모가 찌그러져 졸고 있다

휘감는 눈보라 비바람 속에
맺힌 한 품었던 투혼들은
다 날려버렸을까

넘실거리는 평화의 댐
떠도는 혼마저 다 묻어 버릴 듯
사납게 흔들며 넘쳐흐른다.

언제나 어두운 한 시대가 가고
밝은 새 시대가 와 비목의
맺힌 한 별로 띄워 주려나.

달맞이꽃

이 밤도 달을 향하여 푸념하고 있을까
길섶이나 풀밭에 서서
밤이슬을 눈물인 듯 훔치면서
애태우는 속 얘기도 나누어
바라만 보는 달에게 띄우며
무지갯빛 꿈을 펼쳐
연민의 정 바람에 흩날려

가슴속까지 몽땅 보이고 싶은 달

때로는 진달래꽃 가냘픈 숨결로
흘러가는 흰 구름의 속삭임으로
피워내는 달맞이꽃 회한 가슴 시려

그런 사랑 아니었다고 달은 날려보지만
아니라고, 연기를 피우고 있을 뿐이라고

오늘도 되돌아올 달의 말을 기다리며
이 풍진 세월을 하루같이 꿈꾸는
연꽃 같은 생 하얀 흐름이 여기
바람처럼 구름처럼 흘러가는 아픔이 있다.

길은 멀어도

어둠 속에
길을 닦았다

거센 비바람에
옆구리마저 날리며

기어이 가야만 했던 그곳
때로는 자유의 십자군이 되고
때로는 공복公僕으로 뛰었다

굴곡마다
새벽을 깨우리로다의 울림에
새 힘 받으며 걸어온 행로

뜨거운 힘 하얀 시간
푸른 물을 들인다.

풀꽃의 눈물

풀꽃이 눈물을 흘리고 있습니다
까맣게 된 가슴 쓸어내리며

몸을 던지는 강구 중에
환상으로 본 환한 길
정상으로 툭 트인 튼튼한 길
뜨겁게 바라보며 달리라 했지만

해보기도 전에 의심부터
뜬구름 잡기라 부정하면서
김부터 빼기만 했지요

그러나 어김없이
환상은 현실이 되었습니다
기적 앞에서도 약한 믿음은
새 길을 의심하며 망설였지요

먼 후에야 깨달은 가슴만 에이는 일
아픈 세월로
풀꽃의 눈물을 닦고 있습니다.

풀꽃의 미소

홀로 남은 작은 적산가옥[*1]
아픈 세월이 수줍게 피어
반기고 있다

그날의 암울했던 꿈
다 날려버리고
그 위에 풀꽃을 피웠다고

자세히 보아야[*2] 보인다
속까지 보아야 알 수 있다고

싸늘한 바람에도
수북하게 피어

아련히 미소 짓고 있다
반갑다고
그날을 잊지 말자고.

[*1] 공주풀꽃문학관. 일제강점기 헌병대장 집을 수리해서 활용.
[*2] 나태주 시인 시비.

빛의 손길

천지가 캄캄하던 그 먼 한 찰나를 뚝 잘나 보면, 먼 산에서 우르르 쿵쿵 섬광 번득이며 날아왔다 감겨 들어가기를 반복하던 전등불 연$_{\bar{\pi}}$, 그 신비한 비상이 7살 어린이 앞에 휘황하게 펼쳐진다. 그 의미를 깨우치지 못해 큰 바위로 우뚝 선 것은 안이지만, 물귀신 되기 전 구하고, 총탄도 비껴간 날들 적진도 무사히 통과시킨 고비마다 보이지 않는 손길의 23성상 차가운 길, 별 앞에서 허위허위 바람 타는 공허에 영상 숫자 카운트다운 세미한 계시는 뜻을 세워 따뜻한 길 열어가게 하고, 기진한 매듭 풀고 명예로운 기원 이룬 그 뜨거운 역사에 영광을 돌린다 한 꺼풀을 또 벗겨보면.

창시문학 스물네 번째 작품집

그렇게 아픈 미소